橡子姊妹

吉本芭娜娜——著

陳寶蓮——譯

どんぐり姉妹

「我們是橡子姊妹。
只存在這個網站。
你想隨便聊聊、紓解鬱卒的心情嗎？
可以隨時mail我們。
雖然有字數的限制，但甚麼都可以寫。
不論花多少時間，我們都會回信。

橡子姊妹」

這是放在橡子姊妹網頁頂端的文字。
網頁背景是姊姊請設計師朋友設計的，有可愛的小橡子插圖，感覺超棒。

這是我們姊妹爲了「成爲一個人們想寫信、卻又不想寫給認識之人時的適當存在」的輕鬆理念，而展開的工作。

在輕熟女雜誌擔任撰稿、文采斐然的姊姊負責寫信。

我則利用直覺，在她回信時出點意見，並負責其他事務。

我要檢查是否有信漏掉沒回，閱讀姊姊的回信，發現有邏輯不通的地方時，就和姊姊討論，統統都沒問題後才寄出回信。

我也將所有的來信列表存檔，知道這個人上次寫了什麼等等之類的資訊，從各種角度做紀錄。

感覺上，好像姊姊只負責操縱船舵駕駛，我則站在船頭，凝視海面，決定方向，還要儲備食材，檢查裝備。

橡子姊妹的活動沒有大張旗鼓，靜靜展開。

我們遇過不可理喻的人，接過不少惡作劇來信，大致上還算順利。

不寂寞的人不會寫信給我們。也因爲人們那隱藏寂寞的沉默力量，讓我們的工作不會負擔太大。

有人很想找個人傾訴或非常寂寞時，曾經上網和橡子姊妹聊過的人，會悄悄把我們的名字告訴那人。

即使在網路上成爲話題，我們的工作也沒有多大改變。基本上，我們很閒，不怕信件一時突然大增。通常只要經過一段時間，這股熱潮就會像海浪退潮般再度恢復平靜。那些靜靜留下來的人，就像退潮後留在沙灘上的美麗小貝殼。和我們長期往來的人漸漸增加，只要不是明顯來亂的，我們都不怕麻煩，一一回信。

我們把「堅持不是遊戲」的態度，傳達給大部分的人。

姊姊談戀愛的時候，特別不愛回家。

即使不是和男友在一起，也是興致勃勃地去美容院做臉、修指甲，逛街買衣服，和朋友吃飯，談她的戀情，做的都是戀愛相關的活動，難得在家。

相對於此，最近莫名進入內省時期、窩在家裡的我，因爲姊姊一戀愛、家中空氣就完全凝滯不動了，才知道自己正處於相當安靜的狀態。

連著幾天不出門，腦中的世界漸漸比實際的世界大，直到驚覺這種狀況相當嚴重時，就出門走走，調節一下。生活就這樣重複。

現在要趴著不動、儲備力氣。如果不這麼想，我就會被打敗。不是遭到外來的攻擊，而是內在的自我脫落。內在的自我一旦脫落，那份隔閡感就會傳達給我實際見到的人，他們的對應也跟著變得奇怪。

於是我又認爲自己不對勁，因而變得更奇怪。

所以，我只是放低姿態，因爲此刻正當其時。

當我以類似彈奏旋律的輕鬆感覺保持這種態度時，周圍也隨著橡子姊妹活動的擴大，一起變得柔和。

仔細觀看這一連串的流程，發現實際世界都是我的內在反映而成，不全然是謊言。

如果頻繁外出，搭乘電車，在人潮中和別人見面，只會因過多的資訊而變得迷糊、神思麻痺，反而無法理解上述情況了。

反正，我就是處在這個時期。

橡子姊妹的活動正適合這種狀態下的我，是安靜窩在家中時能做的工作。

生活中難得外出，料理三餐就變成重要的娛樂。每星期大概有兩次，一鼓作氣鑽出溫暖的被窩，套上涼鞋，拿了鑰匙、錢包和手機，匆匆趕到不遠處的大型超市，離打烊只差十五分鐘。

我小時候眞的很怕黑夜、幽暗、鬼魂和僵屍。

姊姊是驚悚電影迷，老是拖著我一起看。直到現在，我還是莫名覺得，每棟房子裡都有未淨化的鬼魂，半夜跑出來作惡，死去的人不論如何，必定在二十分鐘後爬起來，攻擊活人。

現在，我才明白，姊姊是藉著看驚悚電影來發洩她的鬱悶。但當時的我，只是很平常地認爲，姊姊的嗜好眞是難以理解。因爲稚嫩的姊姊半夜姿勢僵硬看恐怖片的背影，非常詭異。

不過，到了現在這個詭譎的時代，我覺得人類本身似乎更可怕。

特別是這個深夜獨行時能夠無人騷擾、平安無事幸運回到家裡已經很難得的社會，經常會碰到不懷好意的搭訕、車窗裡迸出的奇怪罵聲、喃喃自語的行人。

看過來自世界各地林林總總的mail，壞處是比一般人見聞更多各式各樣的人爲恐怖犯罪和意外，讓人變得容易敏感。

雖然知道那些人是因爲種種緣故才mail給我們，並非整個社會都那麼可怕，但我還是做足精神準備。

所以，我總是以有點「拚死」的心情出門去買三餐材料。

感覺遲鈍的姊姊跟我說：既然那麼害怕，白天去買不就好了。可是夜行性的我就是很晚起床，然後東摸摸西摸摸，不知不覺就到了超市快要打烊的時間。

日子就在這些瑣事中匆匆過去，轉眼就是冬天。

橡子姊妹的工作也超過一年了。

開始做這個工作以後，我覺得，不對，是使用網路的人都已感覺到，接觸到人心聯繫的漫無邊際後，宇宙啦、眞實啦這些過於龐大的概念，時時在日常中冒出來。

想到自己浮沉在那龐大資訊中是那麼渺茫，就能明白陌生人針對我們而來的那些無盡泥淖似的惡意，和非比尋常、大方得像是獻身的熱烈善意，在那廣大的意識之海中換算成熱情的分量後，並沒甚麼不同。

無謂的事情不經意地流逝，腳踏實地過著日常（當然也包括生活在這個日常中必要的吃與睡），想在不斷流逝中阻擋變化的自己也跟著變化，是最令人驚訝的事情。

如果，平日所爲就只是把這些無謂的事情複印到現實社會中，那麼，溫暖的話語和體貼的舉止，會讓人們感到高興吧。我想，那是因爲我的肉體階段還擁有獸類的一面。

知道這個原因後，愈發感到能夠活著的不可思議。

與其說感覺太神奇、太幸運，我倒更覺得自己像隻寄生蟲、像病毒，緊緊黏著這個世界頑強生存。

在如獸的生理和翱翔宇宙的意識的狹窄縫隙中，我們編織日常。

我們橡子姊妹就在這狹窄的縫隙中織出一張蛛網，創造了一個小小的場所。

是一個只有在這裡才敢說確定的存在。

大家都以爲問題是個人的，其實在那無垠的廣闊中，一切都聯結在一起，所以令人不安。有的人即使身邊有人可以接觸，但在情緒高亢時仍會突然寫信給我們。爲了確定在如此廣袤的宇宙中投下一顆小石頭，激起的漣漪也會準確到達某個地方。爲了知道在眼睛看不到的地方，依然有著某種聯繫。

那天晚上，我決定煮蔘雞湯。

因爲夢到吃蔘雞湯。醒來時還清楚記得，乳白色雞湯在那好看的黑色燉鍋中咕嘟咕嘟冒泡的影像。

家裡沒有那種特別的燉鍋，超市也沒賣完整的全雞，只好買了大量的雞塊和雞雜，還買了糯米、枸杞子、蒜頭、生薑和紅棗。

每次走進超市，看到裡面燈火通明，穿著圍裙的工作人員動作勤快俐落，每個人都充滿善意，就感覺這世上沒有任何壞事。

雖然時間很晚了，還有媽媽帶著小孩同來。

聽著母子親暱的對話，我的心漸漸平靜下來。

「我們班有個傢伙好厲害，大家都玩輸他。」

「就是啊，好厲害。媽媽小的時候，那個遊戲叫做扁陀螺。」

「可是現在叫戰鬥陀螺。」

「火鍋料要舞茸菇還是鴻喜菇？」

「我討厭、討厭、討厭舞茸菇，鴻喜菇吧，鴻喜菇、勝。」

「對食物不能用『勝』這個說法。」

小孩子的天眞時期很短，但是每個家庭都有同樣的對話，親子間的對話永遠不變。

就像男人和女人在床上的對話。

想到這裡，突然察覺。

原來，每個人都還眷戀著父母，所以把那份眷戀的心情帶進戀愛裡。老爺爺和老婆婆依然追求浪漫，是因爲眷戀父母的心情也會隨著年齡增加。

所以，人類肯定做不到眞正成熟的冷靜戀愛。

聽到他們母子的對話後，突然感到寂寞，懷念起爸媽來。

我和爸媽這樣親暱的對話，感覺已無限遙遠似的不復記憶，但確實曾經有過。我這樣想，輕輕溫暖自己的寂寞。

紅色亮光像遠紅外線，輕輕照進體內最深處。沒錯，這個世界不是只靠性的比喻而成立的，也靠著父母顧念孩子的心情而成立。當然，深入探討下去，或許還是性的問題，但，姊姊還是太單純。

我嘀嘀咕咕走向收銀台，我的影像映在大玻璃窗上。

糟糕，頭髮蓬亂，皮膚慘白。

這半年，我只來往這家超市、ＤＶＤ出租店、書店和星巴克而已。

再過一陣子，就要好好打扮出門了，有點想去看海。

如果不這樣做，恐怕會變得眞想出門時也走不出去了。

想著這些事情的時候，我感到和平、幸福，眼淚都流出來了。可是，光說不做不行。當春天來時，翻開新的一頁吧。我夢想著那些事。

我叫Guriko，姊姊叫Donko。

很奇怪的名字吧，我也這麼認爲。

Guriko（譯注：與森永牛奶糖的發音相同）當然很好，但是Donko（譯注：發音與鈍子相同）就有負面的印象，而且，我們不是雙胞胎，爸媽居然料到還會有個妹妹，給先出生的姊姊取名Donko。

從這方面就可以知道爸媽的天真、愛作夢和搞怪的作風。

不知有多少人一聽到我名字的瞬間，就想到那個大蜂蜜蛋糕的故事，問我是不是取自「Guri and Gura」？我索性蒐集那些繪本和幾本食譜，現在也能做出那種蜂蜜蛋糕了。

但我總會帶點歉意地說：

「我有個姊姊，她叫Donko，我們的名字合起來，就是Donguri（譯

注：橡子的日文發音）。我們出生的醫院後院掉滿一地的橡子，所以取了那個名字。」

「你們是雙胞胎？」

這也被問過無數次，心想人家會這麼想也是當然，但搖搖頭。

「我們差兩歲，也不知道怎麼會取一組名字的。」

無數次的說明後，最後擠出來的笑容都一樣。

每當緬懷爸媽為我們取那個名字的心情變淡時，我的心便倏地飛到醫院後院的風景裡。

那天早上爸爸蹲下的院子。清新乾爽的枯葉味道，清澈的空氣。夾雜在枯葉中，色澤鮮亮、彷彿發出滾動聲音的可愛橡子。放在掌中，靜靜溫熱它。直起腰，抬頭仰望，高大的橡樹上方，藍天一望無際。心中充滿無條件的喜悅。

想到那個光景，就覺得爸爸當時的幸福化成對我們出生的祝福，緩緩飄降下來。

超音波看到的胎兒（姊姊）形狀和橡子一模一樣，媽媽被送進產房就要分娩了，等待姊姊出生的時間，爸爸為了排解緊張，在秋天的透明陽光下專心撿拾橡子。

兩年後，我也在同家醫院出生，因爲是秋天，爸爸也是和姊姊一起那樣等候。

爸爸說：這兩次撿拾橡子的時間，是他人生中最最美好的時光。

爸爸好幾次說：撿拾橡子等著看嬰兒，這種幸福多麼難得啊。直到現在，我們還珍藏著爸爸留下來的那些橡子。

我後來獨自去那個地方。

我對櫃檯小姐說：

「我在這裡出生，可以讓我到後院走走嗎？」

小姐有點詫異，查過紀錄後，確實有我的出生紀錄，有一位當時的助產士還在，於是讓我進去。

後院確實有一棵高大的橡樹。

「是嗎？爸爸就在這裡撿著橡子等我們出生嗎？」

我蹲下來。

秋天的透明光線中，好幾顆橡子夾在枯葉中掉下來。

我流著淚，撿了幾顆。

橡子光滑冰涼，是幸福的感覺。

姊姊出生時，爸爸一捶定音，想取名「Donguri（橡子）」，媽媽說「好可愛的名字哦」，之後又說：

「我肯定還要再生一個女兒，就把Donguri分開來用，叫她們小

Don、小Guri吧，這樣，她們一輩子都會像雙胞胎一樣親密友好。」

媽媽和她妹妹感情不好，一直嚮往有一個感情親密的姊妹。

姊姊常說：

「妳生下來眞好，如果沒有妳，我現在就是孤零零的Donko了。雖然別人老拿我的名字取笑，但我運動不錯，人緣很好，人家都說『雖然叫鈍子，運動神經卻很發達』，所以也無所謂啦。」

我想，唉，妳覺得那個名字好就好。我喜歡自己的名字，我不可能討厭因爲那種理由而取的名字。

擁有那份天眞的爸媽，清晨慢跑時被疲勞司機駕駛的卡車撞飛，在總共六人罹難的重大交通事故中喪生。那時我十歲。

肇事的好像是大老遠從九州運送美味生魚片到東京的貨運卡車。

雖然我拚命向上帝禱告，這一輩子絕對不說我想立刻吃到新鮮美味的食物、不爲想吃生魚片而旅行、不訂購生鮮海味，只求把爸媽還給我，可是沒用。

我有好長一段時間，生魚片無法入口，因爲思緒混亂，感覺像在吃爸爸和媽媽。

但是現在，偶爾會在餐廳吃生魚片，也覺得很好吃。

每次看到餐廳菜單上寫著「今早在遠處漁港採購的鮮魚」時，都有點茫然，想到我爸媽融入那鮮美滋味中的生命。我們偶爾和當時罹難者的家屬聯絡見面，其中眞的有人完全不吃生魚片。

姊姊勸他「怪罪，別怪生魚片」，那人只是苦笑以對。

這個世上沒有毫無意義而存在的事物。魚類、父母、卡車、打瞌睡。

但是，也沒有深具意義的事物。

那些狀況只是剛好碰在一起而已。無所謂好，也無所謂不好。

既然如此，就好好享用今天剛好盛在眼前盤中的鮮魚吧，想著這是爸媽的生命而吃吧……，我認為能夠這樣想，很好。

爸媽死後，姊姊和我輪流寄居在各地的親戚家。

在靜岡伯父家的童年時代，非常和平。

爸媽遺傳給我們的優閒個性，繼續在那裡穩穩養成。

伯父沒有孩子，伯父和伯母非常疼愛我們。雖然到茶園幫忙工作很累，但是大家一起工作，感覺是那麼愜意，鄰居也都親切往來。

走在路上，不時有人招呼，一點也不孤獨。自然風物多到有餘。夕陽好大，月亮和星星清晰明亮，到處有溫泉，冬天比較溫暖，春天萬物蓬勃發芽。

村子裡當然也有惹人厭的傢伙和喜歡八卦的好事者，大家都能適度容忍敷衍，氣候溫和也幫上一點忙，人心總能隨著四季悠然變換。

一家四口在院子喝茶賞月，一起去泡溫泉，幫伯母搓背，一邊乘涼一邊悠哉等候伯父從男湯出來，那些小小的幸福，一輩子也忘不了。

後來，伯父心臟病發猝逝，留下伯母孤單一人。

我和姊姊一邊幫忙整理伯父的遺物，一邊繼續茶園的工作，支撐伯母過活。我們攜手撐起一個家庭的生活方式基礎，就在這裡養成。

伯母個性開朗，但是那段期間的回憶都帶著一層淡淡的落寞色彩。不論做甚麼事情，都會想起樸實親切的伯父，大家就只能哭。

不久，只靠我們和伯母負責的茶園，有點管理不來，伯母和同村的鰥夫合併茶園幾年後再婚，我們主動要求離開。

伯母的新丈夫也是好人，但再怎麼說，我們和伯母都沒有血緣關係，覺得是離開的時候了。伯母雖然極力挽留，但狀況已經很明白，我們已是負擔。

我們雖然充滿信心幹勁，但這世界並不那麼單純，我們也還未成年，於是爸爸的律師朋友和我們家親戚達成協議，暫時由和媽媽感情不好的阿姨收養我們。

那時我讀國中，姊姊讀高中。

在那個家裡，我們眞的有食客的感覺，過得很自卑。

在那個家裡，我才明白只有食客才有的抑鬱苦悶。

不能以勞動回報，比甚麼都痛苦。單方面受到照顧，就像無形的債務不斷累積，讓我感覺不妙，相信最後必定要還。

身為富裕醫生娘的阿姨家裡有幫傭，不需要我們幫忙家事，我沒洗過一件東西。

我們姊妹有一個漂亮的房間，還幫我們請家教，以補回落後的學力，好報考私立高中和大學。這些都是該高興的事，可是我們絲毫沒有生活輕鬆、生活品質升格的感受。

阿姨怕別人說「讓收養的孩子去打工」，沒有面子，所以禁止我們打工，只能乖乖上學讀書。

那種生活開始不久，我就覺得在建築物之間看不到山巒，很奇怪。

我也不習慣早晨的空氣不清爽。深深明白阿爾卑斯山少女海蒂在都市裡的不安定心情。感覺總是缺少了甚麼東西，精神缺氧，每天都夢到田野和山崗。

習慣勞動身體的我們，也沒心情利用課外活動發洩體力。

很快地，我和姊姊分開的時期來了。

姊姊離家出走、我獨自留下的時期。

就在那段時期，我這種「偶爾有點宅的自閉情況」轉趨嚴重，精神差點崩潰。加上正處於不穩定的年齡，因而看到應該看不到的東西，聽到不可能聽到的聲音。

經歷樸實貧窮安靜又古怪的父母、以及鄉下伯父母的溫情扶養，加上青春期特有的偏狹價值觀，使得我和愛慕奢華的阿姨在生活中完全沒有可以分享的東西。

在富足有餘中感覺不到生活的好，出外享受大餐也不吸引我，也不覺得阿姨那誇張設計的高級服飾好看。我們之間就是沒有話題。

阿姨沒有孩子，姨丈幾乎不在家，阿姨也愛出門。他們夫妻常常外出，看起來不像感情不好，但說不上是個氣氛溫暖的家庭。

不過，對我們來說，這算是好事，我們很快就轉換心情，開心和傭人一起做糕點飯菜，在姨丈的書房看一大堆ＤＶＤ電影。姊姊比較滑頭，會跑出去夜遊，過得相當自由。有一天，阿姨提議要正式收養我們，將來讓我們之中一個、或是兩個都嫁給醫生。這也是必然的結果。

姊姊說她會用功讀書考上醫科（我猜這只是一個藉口，她顯然只是想進醫科大學以爭取時間，根本無意真的去當醫生），不要相親。但是阿姨不接受，嚴重的爭執之後，姊姊終於離家出走。

某天半夜，醉醺醺的姊姊把我搖醒，瀟灑地說：

「我一定會來救妳，不會讓妳嫁給醫生，也不會讓妳當這個家的養女。我和爸爸的律師朋友說好了，妳安心等我。」

她把重要的東西塞進滾輪旅行箱，揚長而去。

那是一個下雪的夜晚。

我站在陽台，看著姊姊消失在夜路。

我的頭髮和睡衣落滿雪花，旅行箱的滾輪聲音漸漸遠去。

再看我一眼吧，姊！回頭啊！

我一心祈求，姊姊真的回過頭來，向我揮手。街燈照射的透明雪中，影像朦朧的微笑。

當我回到房間，生平第一次感到完完全全的孤獨。

只有我的氣息回到空蕩蕩的房間。姊姊的書桌和床鋪還在原位，但是姊姊不再回來了。

我直覺感到，姊姊不會再在這裡生活了。

阿姨和姨丈當然暴跳如雷，但姊姊已是大人，所以沒有報警。

我也懇求他們別把事情鬧大，說一有姊姊的消息，就立刻通知他們。

阿姨很快就死心，像甩掉麻煩似的，不特別擔心，她知道姊姊一定會和我聯絡，放心不少。畢竟不是親生媽媽。還有，我們有律師撐腰，這也是她不把姊姊逃家看得很嚴重的一大原因。

姊姊不在以後，我在這個家裡更難熬，不是在外面（話是這麼說，但我很乖，只是在書店、漫畫店、圖書館和百貨公司等地方）晃蕩盡量不回家，就是鎖在房間裡。

我也吃得很少，越來越瘦，腎臟出了問題，到醫院檢查。更糟糕的是，阿姨家裡發生所謂的擾靈（poltergeist）現象。櫥櫃的門突然自行打開，收音機聲音突然變大。

阿姨帶我到一間古怪的寺廟去收驚，那個戴著誇張華麗戒指的歐巴桑幫我檢查，沒甚麼不對勁。其實，我只是寂寞。寂寞得漸漸封閉心房。我去做心理治療，只是爲了回應阿姨的關心，應酬一下。

我越來越衰弱，最後連學校都不去了，整天躺在床上。

姊姊在那段期間做甚麼事，我沒有詳問。

她說她在餐飲店打工、投靠朋友、和男人同居，努力存錢，準備來接我。

當她領悟到這樣賺錢永遠無濟於事時，直接找上孤僻出名的叔公談判。

那位律師居中協調，我們沒和阿姨發生金錢和法律的糾紛，在我十六歲那年，叔公正式收養我們。

叔公確實沉默寡言，不喜歡和人交際。嬸婆過世以後，他變成幾乎不和親戚往來的怪人，但他是個喜歡讀書的高尚人士。

叔公倡言獨居最好，沒有道理要和別人一起生活，但他年紀大，確實需要人照顧，於是妥協。

我們一起生活後，發現叔公其實人很好。他自己的事盡量自己做，勤懇穩健，在書的世界裡，心靈自由翱翔。他那規律整潔的生活風格，讓他明明住在東京，卻像住在山林裡。叔公的眼睛幾乎看不見以後，讀書給他聽，對我們也是很好的進修。尤其是照顧叔公同時孜孜不倦閱讀藏書而累積實力的姊姊，天賦的文才得以開花。

媽媽是繪本作家，爸爸是編輯，所以那並非不可能。我樂意看到姊姊的才華漸漸發揮，沒有嫉妒，還希望成為支撐姊姊才華的幫手。

姊姊贏得住到叔公家的權利、到阿姨家來接我的時候，像聖女貞德那樣英氣凜然。

骨瘦如柴的我渾身癱軟，無法搭乘電車，裹著毛毯窩在計程車裡，整個人靠在姊姊肩上。

「不要吐噢！」

姊姊小聲說。

語氣雖然冷淡，但是姊姊哭了，直直望著前方的眼眸不斷湧出淚水。夜晚的霓虹和車燈照著姊姊的臉頰，像博多人偶一樣晶瑩生光。

謝謝妳。我說。

我完全不要緊，還可以在阿姨家繼續熬個五年、十年。

姊姊默默搖頭。

東京的夜晚很美。天空朦朧發光似的明亮，我們像滑行湖上的天鵝般優雅移動。

我在心中默唸，謝謝妳，把我從那裡帶出來。只要爲了姊姊，我甚麼都願意。

我想，住在不適合的地方，心裡的東西漸漸削減後，人就會生病。人的堅強和脆弱，都令我驚異。

阿姨和姨丈並沒有驅使我，也沒有虐待我，我們沒有嚴重的摩擦。我只是茫然封閉心房而已。我以爲不要緊。情況卻不知不覺變得這麼糟糕，眞是難以相信。

人是那麼難以理解，除了米飯，還需要其他的東西。像是氣氛啦、想法啦那些東西。

在叔公家的生活，穩定得難以忘懷。

在我們搬去的前幾年，叔公腦中風，右腿麻痹，需要照護。他不和鄰居來往，最低限度地獨自生活。

買東西都靠網路，偶爾透過網路買食物，幾乎都吃乾糧。好驚人的毅力。

他收養我們的時候，出門需要坐輪椅，所以怎麼樣也不肯出門，在家時也是拄著手杖，或扶著牆壁行動。

他很少洗澡，但衣著乾淨。當他整潔的衣著開始邋遢，健康因爲缺乏新鮮蔬果和蛋白質而惡化，讓我們發覺情況不對時，姊姊提出建議。

叔公大概認爲反正他死後這房子會歸我們姊妹，於是勉強接受。

房子又舊又亂，我和姊姊努力打掃，在不干擾叔公的情況下適度整修。我們在茶園鍛鍊出來的身體，很樂意做這點勞動。

我們把客廳改成叔公的房間，上廁所方便，還打掉隔間牆，讓他可以自己進書房。我們不會撒嬌纏人，不會大聲談笑，叔公很快就習慣這種生活。

三餐是放在推車上，送進屋裡讓他自己吃，直到最後，他也是自己上廁所，我們只有他叫時才進去，準備他需要的東西就好。

叔公總是說：

「有喜歡的書就拿去吧！」

對他而言，借書給人，是件大事，大概有點分享生命的感覺吧？

「家裡有人晃來晃去，會不會煩？」

有一次，我把洗好的衣服放進衣櫥時，主動開口。平常在叔公面前，我都盡量保持沉默。那天因爲叔公把書放在膝蓋上（他那時在看賈西亞・羅卡的詩集），看著窗外，我突然想和他說話。

「我覺得最近這樣很好。」叔公說。

我有個直覺，如果這時候我再多說什麼，叔公會不高興，像蚌殼一樣緊閉蚌蓋，像含羞草一樣緊閉葉片，於是只點點頭，走出房間。甚至沒有笑容。

但是，心裡有著野生動物漸漸凝聚共處的感動。

我們和叔公住在一起，照顧他，在非常平靜、別人難以理解但互愛的生活中守護他。

我們正式繼承這棟三房兩廳的舊公寓，繳交遺產稅雖然心疼，但我們選擇和叔公的回憶一起生活。

守護叔公的生命到最後一滴、看著他如同輕輕著地般安詳過世時，姊姊三十歲，我二十八歲。

律師陪同我們辦完葬禮，辦好繼承手續。雖然阿姨挖苦我們是因爲覬覦遺產而費盡心力，其實叔公早與我們有約。

他確實告訴身邊的人：她們照顧我，爲我披麻帶孝，我就把房子和現金統統留給她們，但這裡面如果沒有感情，我會立刻知道，只要我不高興，會立刻撤消約定。

這件事讓我們培養出可以堂堂談論金錢的成熟自信。

可以不用曬乾墊被了，不用分頭清洗大量的衣物了，不用提著沉重物品回家了，不用每週送一次醫院，不用經常幫他翻動身體以免長褥瘡，不用煮稀飯，可以長時間出門了……，可是，叔公不在了。

每次想到這個，我就不知所措。知道叔公死了、眞的不在了，我們感到茫然。

清晨，把鮮花和線香供在佛龕上，就幾乎無事可做。

這是習慣勞動的我們無法忍受的狀況。

有天早上，我們突然起意，去箱根泡溫泉。我們已經十多年沒有一起旅行了。

這十年間，我們總是輪流出門，去看各自的朋友，吃吃喝喝談戀愛，但是兩個人一起出門，頂多是去深夜的家庭餐廳裡喘口氣。

我們很久沒有一起在外過夜，興奮得睡不著，關燈以後，還是吱吱喳喳個不停。

我們都穿著浴衣，躺在老舊榻榻米的墊被上。

因爲是一時興起，選的旅館不是很好，有點老舊。但是溫泉很棒，重點是特別乾淨。

整間旅館像被我們包下，空蕩蕩的，除了遠處的河水聲音，非常安靜，話聲在天花板上迴響。

姊姊說：

「以後怎麼辦？」

那是一直輕輕飄浮在我們之間的心情。

我們雖然自由了，但還不了解自由，只是還想看到叔公，像得了鄉愁般一直在想。

「我想在那裡再住一段時間，可以的話，希望姊姊也一起。」

我說：

「我想安定生活一陣子，或許叔公的靈魂還在那裡徘徊，如果我們不在了，叔公會寂寞。」

「也對，如果我們立刻狠心賣掉房子，叔公會很生氣。」

姊姊說：

「我也不想這麼做。暫時留在那裡。因爲好不容易才安定下來。我雖然喜歡談戀愛，但不想結婚。我已經厭倦了，錢啦遺產啦，都是從婚姻產生的。我現在要的是和這些毫無關係、只是自由來去的人生。」

「嗯，這些事情的確不愉快。伯母再嫁、阿姨要幫我們招贅、投靠叔公，雖然沒有動到大筆金錢，但我們過去的人生，或許就像孤兒常遭遇的，很多時候都跟金錢有關。」

我說：

「或許，暫時甚麼都不做也好。」

「就繼續留在那個家吧？」姊姊說。

「好啊。」我說。

不論是現實上或抽象上，我們都沒有急於要去的地方。

過去也幾乎沒有不幫別人做事、只爲自己生活的時候。

現在只是想釋放無意義灌入雙手和肩膀的力氣。

我們被要照顧別人的感覺魘住，那種能夠發揮我們能力又緊緊綁住我們的感覺。

照顧叔公的期間，姊姊照樣談戀愛，當男人知道她還有走路蹣跚的叔公和沒有工作的妹妹時，都出現極端的反應。

不是悄悄離開，就是興致勃勃要全部接納。

通常在第一階段時，姊姊就會放棄愛情。

所以，我猜姊姊還不懂眞正的愛情，她似乎也無意花時間去理解。

「如果我們之中有一個人不想結婚，那麼，結婚的人要不要搬出去？我想，叔公不喜歡外人住在那棟房子吧。」

姊姊說：

「或許，他不會那麼不講人情。」

「是啊，到時候看狀況吧，說不定我們會乾脆賣掉房子，平分叔公的遺產，各住各的。到時，看情況再做考慮，看對方住在哪裡、對方的經濟狀況等等，也可以婚後分開住，甚至改建成兩個家庭同住也不無可能。」我說。

「這麼說，妳可能結婚囉。」姊姊說。

「我對結婚還沒有想法，現在連男朋友也沒有。」

我說。

最後交往的男友是幾年前我常去的附近藥局的藥劑師，但因爲我太投入照護叔公的工作，不知不覺兩個人就吹了。

「不過，過去看了這麼多人，感覺是，女人一旦擁有了遺產和不動產，只會招來紛爭。最好不要牽涉到那些事。當然，最好是不要嫁給會覬覦房子的男人，但多半時候那種人是不會明說的，使得紛爭更帶著灰色。希望此時此地有的東西今後也能長久存在，是人之常情，如果我喜歡的人說出這種話，我也很難反駁。不過，房子不賣，就沒有錢，不能平分，變成好像住在裡面的人贏了。我不喜歡。所以，到了那種時候，還是賣掉分錢吧。」

「嗯，如果想法沒有不同，我們之間就依照各自情況好好解決吧。

不論我愛得多麼瘋狂，大概都沒問題。以後再……對了，還有件事要跟妳談。我們現在省著過，一段時間不工作也不愁吃飯。我做撰稿的工作，不是沒有收入。」

姊姊說。

「可是，我還是想做點甚麼事情。打工嗎？現在可以不必一直守在家裡，只是還不能悠哉出遠門。」

我說。

「我可以，我轉換得很快。不過，妳照自己的步調前進就好，呃……我是有個想法。」

姊姊說：

「人都認爲應該爲別人做點事情，無論甚麼事都好，我也覺得這樣比較健康。我們照顧叔公，如今工作結束了……，做那份工作，我們得到許多。說出來感覺雖然不同，但眞的不只是金錢、房子，還有愛。所以我想，有沒有甚麼工作可以把那些收穫毫無負擔地還給上帝，一個能夠發揮我們姊妹倆才能的工作。」

「我不想再照顧別的老爺爺。」

我這樣說，是因爲這時太過寂寞，身體也僵化，每天有好幾次想起照顧時的細節，想看到老爺爺老奶奶手腳的皺紋和薄薄的皮膚，想聞到老人的味道，就是尿味也好，想照顧他們。姊姊也會這樣嗎？

「那個我也想過。」

姊姊說：

「可是，我們找不到比叔公更好的老爺爺，通常，會想那些事情，就說不上是專業。我們肯定只是喜歡叔公，不是喜歡所有的老爺爺。透過叔公，把愛心散發給所有老年人，固然好，但我們不能再往回看。」

「沒錯，妳說得眞好。」

我好佩服。我心中的回顧心情被姊姊明確的表述像雪一般融化得乾乾淨淨。有時候姊姊的話語裡藏有那種魔法。

接著，姊姊談起橡子姊妹的構想。

雖然很麻煩，但不收費，眞的很好。

如果不收費，即使答覆不如其意，我們也不必愧疚。只是信件往來而已。既然不爲賺錢，不做宣傳也無所謂，也不會爲過多的信件所苦。

「可是，一輩子都沒有收入，還是有點擔心哩。」我說。

「我還是繼續撰稿的工作，利用空閒當回信志工就好。只要那是我心中的本業，即使撰稿工作很辛苦，或是收入減少，也能作爲一個人而活下去。」

姊姊說：

「只是我不夠細膩，希望妳來管理信件。」

「那點事我做得到。」

我說：

「我還能做家事，隨時可以煮飯做菜，妳只要偶爾幫我打掃一下就好。」

「那就試試看吧！」姊姊說。

腳底暖烘烘，頭髮和皮膚光滑溜溜，白米飯也算好吃，感覺好幸福。墊被雖然硬又扁，但棉被鬆軟，我已別無所求。

「我們兩人用一個名字，做個組合。」姊姊說。

「就像藤子不二雄。」我說。

「我是F。」姊姊說。

「不行，我要當F。因爲喪黑福造、魔太郎這些都不是我心裡的人，根本想像不出來。啊，我是可以想像怪物君，怪物君，滿不錯的。」

然後，我敷衍地說：

「姊姊會打高爾夫，絕對是A啦。」

姊姊沒有答腔，我轉過頭去，她望著天花板說：

「或許吧。」

她爲甚麼同意這點而說「或許吧」？

雖然我們這麼親近，我還是很不了解她。

「欸，我跟妳說，有本叫做《千惠與我》的小說，寫一個和惡劣親戚住在一起的上班女孩，那個古怪的千惠角色，絕對是妳的。」姊姊說。

「啊，那也可能哦，我並不討厭。」

我同意。

姊姊心滿意足望著天花板，露出昏昏欲睡的微笑。

我再次覺得，她眞是個怪人。

我們的筆名就這樣決定是橡子姊妹。當然姊姊是想到「既然是寫小說的姊妹，只能這樣」，也想到「叶姊妹」、「大森兄弟」，所以取了這種組合名字。沒有人來抗議，也沒有double date的邀約，我們就靜靜維持這個名字，我和姊姊成了同生共死的夥伴。

或許是曾經分開一段日子，我對姊姊的心情，絕不是任性的親近無拘。

也因爲我們個性相差太大，好像只是那種擁有難以和外人分享的兒時共同記憶的朋友感覺。

「橡子姊妹，

我們家裡有病人，不能全家去旅行，讓我好傷心。一旦不能自由行動，我就會難過得變得不懷好意。

咪咪」

「你好。

我們叔公還在世的時候，我們也不能一起去旅行。因此，其中一個單獨去旅行時，會拍下可口的美食和漂亮的風景照片寄回來。或許一般人很容易感到『好討厭哦』、『好羨慕哦』，但我們因為單純，只是單純地努力去做，因此只會感到『哇，好好吃，好漂亮哦』，然後，又盡心盡力陪伴叔公過日子。照護老人，不是每件事都輕鬆愉快，叔公也是人，偶爾也會對我們惡言相向。但我們還是覺得，和叔公一起生活真好。

橡子姊妹」

這是橡子姊妹回信的例子之一。

大抵就以這種輕鬆閒聊的感覺持續交流。

多的時候一天近百封，少的時候也有二十封。原則上，同一個人不論一天來幾封信，我們一天只回一封。

回覆這樣天眞無謂的內容後，漸漸地，對方的來信內容也變得天眞無謂了。我們不刻意避開，也不正面承受，只是扮演彌補他們生活中太過缺乏的閒聊角色。

大家都想輕鬆交談，但是獨居者做不到，和家人生活作息不一樣的人也不行，只談有意義的話，徒增疲勞。人們太不自覺，輕鬆對話是如何支撐我們的生命。

我看那封信時，把感想告訴姊姊。

當我正在幫叔公擦拭臉龐和手腳時，出外旅遊的姊姊來信。她和男友一起堆雪人，眞好。我心中飄飄降下雪的冰冷感覺，肺部的空氣變得清涼乾淨。

那是因爲姊姊眞心想讓我看到美麗的景色，那份心意也傳達給我。

如果「只是想讓別人羨慕或嫉妒」，就沒有這種效果吧。

姊姊「嗯、嗯」應著，寫下前面那段回信。

姊姊總是寫出奇妙、親切、又有一點點陰暗感覺的回信。

我們帶著善意的天眞繼續回信。成爲橡子姊妹時，我們兩人是混合在一起變成一個叫做橡子姊妹的生物。那多半不是我，也不是姊姊。

所以，當熟人問起：「小Don、小Guri，妳們該不會就是橡子（donguri）姊妹吧？」我們都回答說：不是啦，如果是，不會取那種無趣的名字。

對方雖然高度懷疑，也只能點頭接受。我們就是假裝不知道。

一邊用壓力鍋燉蔘雞湯，一邊處理例行事務，不覺已是午夜三點。

姊姊還沒回來，但我很滿足。

深夜的房間裡，充滿雞湯和人蔘的味道。

窗戶起霧，外面的燈光形成模糊的彩虹光圈。

我感到無比的幸福。

這樣幸福可以嗎？在這裡生活以後，我好幾次這樣想。順利送走叔公後，不再是寄人籬下，心情很輕鬆。充滿成就感。

我還活著，頭上有屋頂，屋裡有暖氣，不是孤獨而居，房間充滿美食香味。這是多麼喜悅單純的事啊。不期望特別的理解，只要知道這份心情就好。

想著這些，吃著蔘雞湯，玄關門鎖發出卡嚓卡嚓的聲音，醉醺醺的姊姊回來了。

醉得東倒西歪，連要脫掉靴子都很艱難。

「喔！蔘雞湯！」

「怎麼？」

「剛剛才和他吃了蔘雞湯，他媽媽是韓國人。」姊姊說。

「北？南？」

「他沒提過一次北韓，是南韓。媽媽是韓國人。娘家在首爾。」

姊姊說。

聲音有點揚高，但語氣溫柔。我想，發情了！發情了！像貓一樣容易理解的姊姊人生。

姊姊像和男人在床上纏綿似的臉頰微紅，血液循環極佳，沒有疲態，皮膚像發酵似的有彈性。看她這個樣子，戀愛是永遠停不了的吧。身體、表情和走路方式全都一下子改變，很有意思。

姊姊絕不是喜歡男人的那一型，眼睛比我細長，肌肉結實，皮膚黑，給人運動健將的印象。雖然是姊妹，我們一點也不像，我皮膚白，渾身多肉，動作緩慢，勉強來說，長相屬於可愛系。

我很少談戀愛，姊姊常常在戀愛。

我見過幾次姊姊的男友，都是醜醜的四方臉、體格魁梧、很有男人味、又有點細膩感覺的人。

「他太喜歡我了，沒一句挑剔。」姊姊說。

「姊，不能永遠這樣說。現在還好，等過了三十五，那種生活就會停止了。漸漸沒人愛了，恐怕會自憐自艾囉。大家寫來的這種內容的信，不是都看到膩了？」

我說。

「不，我會繼續。」

姊姊說：

「我會放慢速度，但會繼續切實前進。我不生小孩，相信可以持續到五十五歲。」

這不是寫文章的人說的話吧，運動員更不會這樣說。

「喜歡的事情，繼續做也無妨。」

我冷淡回答。

「我對結婚沒興趣，只喜歡戀愛的最初階段。只有這個時候，甚麼都不做也感到幸福，光是呼吸就覺得快樂。」

姊姊的眼睛閃亮，

「我要把這些回憶全都帶進墳墓，等我老了以後，一一想起這些個男朋友，幸福度日，我會做到的！」

然後，她去洗澡。在浴缸裡細細咀嚼今天的回憶吧。泡澡時間特別久，也是姊姊戀愛時的特徵之一。

另一方面，因爲這個緣故，我雖然沒談戀愛，此刻仍然感到幸福滿滿，即使沉默不語，也能細細咀嚼幸福。

過去雖然遭受到小小的打擊，但我的靈魂之芯並未受到壓迫。雖然我的想法有一點奇怪，但只要不執著，悲傷很快就會止住，幸福便從某個地方滑溜冒出。

那多半等同於生命力吧。

因此，小時候雖然很多辛酸，但是我絲毫沒有被扭曲，即使多少有一點扭曲，只要慢慢拉直，也能好好伸展。

不需要使用矯正工具。以後或許需要一點正面的思考、心理治療工作、卜卦、適度的運動等小小的溫習，但現在暫時不需要。

重點是，我磨練自己靈魂的芯，溫暖它，溫柔包覆它，再次賦予它作爲芯的地位。只有我了解自己。不是逞強，而是我的靈魂告訴我，這樣做是最好的。

伸展的時期很緩慢，就像水中花漸漸綻放，像泡了水的恐龍海綿膨脹成好幾倍大那樣，穩健地感受時間，最具實效。

我也許能像姊姊那樣，像野狼露出獠牙、逃離照顧牠的家庭、獨自在原野生存。也能一直留在伯母家裡，做茶園的工作吧。當然也能嫁給醫生。說不定還能成爲專業看護。那些都是比橡子姊妹更入世的工作。

但是我選擇自己去感受「愛與自由的味道」。我決定用自己的方式，協助踏實但有點偏激的姊姊，單純生活，用一輩子去發揮爸媽一開始就賜給我的無數晶瑩心思。

我有種武士上陣前的興奮顫抖，今後有許多事情要做了。

除了繼續做橡子姊妹的工作外，其他的事情暫時還沒決定。

那種還沒決定的感覺最棒，讓我亢奮期待，如何超越即將襲來的大浪？

儘管如此，我還是隱隱感到奇怪，是甚麼事讓我不想出門……。

看到姊姊極端興奮的樣子，我想著戀愛種種，迷糊入睡，在宛如現實的奇妙鮮明感覺中，做了奇怪的夢。

夢中，我看到最先發現我優點的男孩。

他在像是中學教室的大房間、總之是有很多人的房間裡徘徊。

我一直盯著他，但就是無法跟他說話。

我流下眼淚。我覺得他的側臉、嘶啞的聲音感覺、很有特徵的流暢動作，都是我在這世上最珍貴的寶貝。比我自己還重要。

他穿著制服，所以那裡還是中學吧。窗外，銀杏林蔭夾道的馬路泛著耀眼的白光。

好像我一直不經意地看著他似的，即使在夢中，也只是凝視他的動靜。光是看著就好。好幾次心想，上帝，謝謝祢，讓我看到那麼好的人。

雖然夢境只是那樣，我卻難過得快要發瘋。彷彿時間眞的倒轉一樣，我喘不過氣，心口被緊緊勒住。

在我實際的人生中，那是最空虛時期一直呈現的光景。到了學校，平常生活。雖然有點害羞古怪，還是有朋友，和看似有前途的人混在一起，可以忘記許多事情。

可是回到家裡，就一直窩在自己的房間。心裡知道一直留在阿姨家會有麻煩，但是讀高中、上大學、就業存錢、離開這個家，又像是一條遙遙無盡的路程。我會真的去相親、嫁給醫生嗎？那段時間，失去姊姊的壓力，導致我腎功能失調，容易疲倦，睡不安穩，老是做奇怪的夢，彷彿也能看見街頭徘徊的鬼魂，總是疲累不堪。

我定期去做腎臟檢查、像傻瓜似的拚命喝水，非常痛苦。真的很像傻瓜，杯子像水桶那麼大，灌下大量的溫開水。然後大量排尿。

每一次都覺得自己像漫畫中的人物。如果真的是漫畫，不知有多好啊。不用打很痛的點滴，也不用做討厭的尿液檢查。偏偏在我最不想說那些事情的時候，還得對護理師說：

「我今天月經來。」醫生老是恐嚇我：「這樣下去，腎臟會壞掉，恐怕要洗腎了。」

我的飲食要削減鹽分，家中的飯菜沒有味道，味噌湯有色無味。畢竟在發育中，肚子容易餓，因爲學校的營養午餐夠鹹，我高興得狼吞虎嚥的模樣，很難看也很悽慘。

討厭哪，一切都討厭，臉色很壞，無精打采。

每次照鏡子，就這樣想。嬰兒肥的臉龐和粉紅色皮膚都不見了，只見一張慘綠成長期中不均衡的臉。

當時，那個叫麥君的男孩坐在我旁邊，常說一些快樂的事情逗我笑。

我一開始就隱隱覺得，麥君可能喜歡我。因爲換座位時決定位置的瞬間，他滿臉通紅。紅到老師要他「到保健室量量體溫」。

我也一直喜歡麥君。

他的有點駝背、不得要領、動作自然流暢。即使一大堆男孩走在一起，我也能立刻發現麥君。

他看起來纖細孱弱，其實不然。他應該是運動神經很好的人。他的動作比別人稍多，但重心很低而緩慢。像不會徒勞行動的貓。他的父親在夏威夷學傳統航海術，參加K艇比賽，在湘南海邊經營一間店，教附近的小孩海上運動。聽說他也會衝浪和划K艇。這和我完全不同，感覺很好，看起來和其他男孩有點不同，感覺就是帥。

那是戶外運動和環保意識還不流行的時代，麥君對班上同學大感興趣的足球、大聯盟、電視劇和電玩等一點興趣都沒有，是有點奇怪。

「妳能去海邊就好了。」

麥君唐突說出這話時，我懷疑自己的耳朵。

「我？海邊？是去醫院吧？」

我說。

醫生只是宣告我腎功能失調，我爲甚麼那麼悲觀呢？去海邊並不是甚麼壞事情，只要不大口喝到海水。

「嗯，海邊。去到海邊，你會變得健康，像我，很小的時候有異位性皮膚炎，現在完全好了。」

麥君說。剛開始時，一曬太陽，皮膚癢得更厲害，又差點淹死，非常害怕，覺得大海最壞。但後來慢慢變得喜歡海，現在也可以一個人去海邊了。交了很多朋友，皮膚也變好了，再怎麼曬也只是變黑而已。海水和陽光對身體都好。

直到今天我還在想，如果當時我對熱心訴說的麥君說出這話，會變成怎樣呢？

「那就帶我去吧。」

可是，我沒說。

我不想打斷麥君的話。我想聽他那有如海浪的聲音節奏。能忘掉現實比較重要。回到家，我反覆思考麥君可能喜歡我這件事，我的心因此而飽滿，我想逃進裡面安睡。

「下次……。」

麥君說。

我反問：

「甚麼？」

麥君紅了臉，

「沒有，將來有一天吧。」

那是比愛的告白更讓我想聽到的話，雖然只是「下次」。

我後來雖然談過幾次戀愛，但都無法再次體驗到那個空間的遼闊。明天去到學校，就能見到麥君。光憑這一點，我就能活下去。看到被父母細心呵護、週末到海邊大做運動的麥君，我就能忘記和爸媽死別的傷痛。他那樣健康生活，在活潑可愛的女孩包圍中，還能發現如此虛弱的我的好，光是這樣，就足以讓我恢復自信。

那時候的麥君，對我來說，不是男性也不是女性，而是天使般的存在。

或許，將來有一天，我生了孩子，也會有完全相同的心情。

那是我和姊姊不同、不那麼否定婚姻的理由之一。再可口的美食，吃多了就會習慣那個味道，再也找不回最初的新鮮感。同樣地，我還沒有眞正的戀愛，因此看不透姊姊的心思。如果不是這種狀態，而是太理解時，婚姻反而成了無法斷然做到的事情之一。

不過，我常常有個背脊發冷的想法，

「說不定姊姊沒有我不行。」

我想認爲這是錯覺。就算今後有種種事情發生，橡子姊妹還是會繼續下去，即使兩人分開了，也有不影響作業的退路。看起來好像是姊姊照顧遲鈍的我，其實可能正好相反。

實際上可能是我結婚，過普通的生活。

不對，或許剛好相反，是我離開姊姊就不能生活。最壞的情況是，我們彼此一樣。

想得太多會變得不幸，所以不要去想，是等待時機的作爲之一。

讓那些事情靜靜沉澱，是最好的做法。哪天浮上來時，要像打鼴鼠那樣狠狠捶擊下去？還是撫慰呵護？就看那天的想法吧。只要不錯過那個瞬間，就能定輸贏。

「Guri，怎麼睡了還哭！」

那樣粗魯搖醒夢中哭泣的人，眞是差勁。

姊姊搖著我，我哭著，迷迷糊糊張開眼。姊姊的臉近在眼前。她喝了那麼多的酒入睡，皮膚還是光滑動人，戀愛中的女人眞好……。我茫然地說：

「我夢到初戀的男孩，好鮮明哦。我都已經忘記他了，這樣清楚夢見還是第一次，也不是悲傷的夢，卻一直哭。」

我說。

「是欲望不滿？還是更年期障礙？」

姊姊說。表情認眞。

「我又不是妳，而且離更年期還早得很。」

我生氣地說，揉著眼睛坐起來。

「那麼，是他出事了？因爲你有奇怪的直覺，聯絡看看吧？」

姊姊說。

「就是想聯絡也聯絡不上。」

我說。

「松平君的爸爸不是有名的衝浪高手嗎？上網一查就知道了。」

「是嗎？」

「是啊，妳眞是糊塗了。」

姊姊笑說，我也笑了。

其實，我早就想到上網去查。

那也難怪，因爲家裡的正中央，神龕似的穩穩擺著氣派硬碟旁邊接著外掛硬碟、連Time Capsule都具備的麥金塔電腦。

我經常上網查詢印象模糊的畫家名字、想去的店家和當地的資訊。不要小看我這半窩居的生活，不只是做菜及事務作業，我和網路也關係親密。

可是，我不想搜尋他父親和他的名字。

姊姊面對這種事情非常現實，但我想在內心珍惜自己的眼淚。因爲搜尋後，我這豐沛的淚水都會蒸發掉。我喜歡花些時間，一滴一滴積存這些淚水，變成一個美麗的湖泊。

就好像黃昏時漫步街頭。

車站前的糕餅名店前排著有點興奮的歸客，打算今天也買些甜品回家。市場裡，魚攤正在做最後的促銷，洋溢著人們各有歸處的氣氛。抬頭仰望，每棟高樓都方方正正，燈火通明。每一棟房子和大廈的房間，都有人的氣息。每條街道的每扇窗戶，都有人急著把有點慵懶的時間投向夜晚。大家都幸福，眞好。光是這樣想，就覺得有甚麼東西在心中累積。一種透明細緻的感受。那是查過事實後便會輕易潰散的小小光彩，如果悄悄存放心中，並不會迷濛眼睛，反而讓人挺直背脊，打起精神。

我的表達能力不太好，要很努力地向姊姊說明。如果沒有她幫我編輯重寫，我死了以後，許多想法會和我一起從這個世界消失。不過，我也覺得那是最高的奢侈。

我時時想著那些不寫書、不上電視、不跟任何人說自己所信所爲而死去的偉大人物。他們的內心，清澈如美麗的湖泊，他們的死，像被吸入湖泊似的美得不著痕跡。生前勤奮勞動身體的能量，靜靜回歸天上。扭曲多傷的手，筋疲力盡的肉體，都消失得乾乾淨淨。就像美麗枯萎的植物，不留一絲黏滯的泥濘。

想要如同外面世界和內心世界逆轉般倏地消失時，內心定要積存這個美麗乾淨的水，才能實現。一點一點地。慎重地。

「不要緊啦，他現在已經是普通的怪叔叔了。看到他那樣，妳反而會放心。對了，我剛才把剩下的蔘雞湯吃了，比昨天店裡的還好吃。」

姊姊微笑說：

「他說首爾還有更好吃的蔘雞湯，要帶我去，我想去，妳也去吧？」

「首爾？我不成了電燈泡？」

我說。

「不會，我還沒有想和他同住一個房間的感覺，完全不是問題。」

姊姊認眞地說：

「而且，他也不是以性愛爲主的人。妳如果一起來，他會高興的。

我覺得這種柏拉圖式的愛情感覺很好。」

我雖然一點也不了解姊姊的戀愛，但她不是這種時候故意說謊的類型。

「算了，別管我，你們自己去吧。」

我說。

如果我去了，沉澱的時期就會結束，我寧可撐到想自己單獨去時，或是姊姊去過多次已經熟悉韓國時再姊妹倆一起去。我想搭地下鐵，我想散步。姊姊一定會把那邊的好美容院按摩地點查得清清楚楚。我還得換新護照，我有點高興自己有那種心情。這時，姊姊突然說：

「妳是不是在想，等我熟悉韓國以後，就我們兩個做一趟美食美容之旅？」

「妳怎麼知道？」

「全都寫在臉上了。」

「現在說這個還早，但也確實是，所以，妳先去確定好吃的蔘雞湯店，再帶我去。妳也知道，等天氣溫暖後，我才會積極一點。」

我說。

「我知道，早就看出來了。」

姊姊說：

「大概，這個月中旬去吧。」

然後，她把髮帶纏在額頭，坐在電腦前，開始工作。

姊姊工作時的背影讓我想起爸爸。肩膀微聳的樣子一模一樣。我懷念融入我們心中的爸媽模樣。

我也想起一家四口住的兩房公寓。爸媽喜歡樹林。總是隨興帶我們到附近的大公園野餐。

現在想起來，才知道我們沒有上館子的錢。

雖然很窮，還是生了兩個孩子，眞拿他們沒辦法。

可是，他們永遠樂觀，好像童話和民間故事裡的人。

大概因爲如此，我現在也莫名喜歡單純的人。

我們連寒冬時期也常常野餐。爸爸常說，飯糰和煎蛋在外面吃特別美味。不論寒暑，在外面吃就是好吃。

那時的熱水瓶功能沒有現在的好，不能長時間保溫，我們細細品嚐溫溫的茶水。在冰冷空氣中喝的溫茶，有不可思議的味道，混雜了樹木的味道，也有乾燥泥土的味道。於是，茶的味道膨脹成好幾倍。

我和媽媽背靠著背，仰望樹枝縫隙之間的天空。

飛鳥像在天空蓋郵戳，點點翱翔。

我想，那麼高遠的地方，風也在吹。

姊姊總是跑去爬樹，爸爸站在樹下，防備姊姊摔下來。

總是一成不變度過的那個時間，無聲綿延流過，天色變暗，氣溫變冷時，媽媽拍拍裙子上的泥土站起來，「該回家了」，宣告野餐結束。塡飽肚子，挺著有點冷的身體踏上回家的路，比世上任何一條路都平凡無聊。可是現在，我卻覺得它非常珍貴、具有百萬美元以上的價値。

每個人都能會一會童年時的自己，那該多好，即使只是一下子。

那會是甚麼感受呢？羨慕？難過？就像熱戀中的人認爲，最熱的時候越說「將來有一天會傷心，所以要珍惜現在」，就越遠離眞正的熱，所以，我們只有現在。

現在，我很幸福，光是看見窗外的天空，就情不自禁流淚。我甚麼都不需要。因爲想品嘗幸福而閉居家中，是多麼幸運的境遇。

雖然處在這種狀態，但我還是想回到那天，一家人走在野餐的歸途上。即使一天也好。

我從父母雙亡的打擊中重新站起，異常需要時間。就像這次，從叔公過世的打擊中重新站起，也經過這麼久。當然，有的人可以像姊姊那樣到處亂跑發洩心情，但我只能靜止不動。

對阿姨和醫生姨丈也不好意思。

因爲那些糾紛，幾乎不再來往。

姊姊離家出走後，思念姊姊而陰鬱的我像被軟禁的人，感到絕望，導致腎臟惡化，出現擾靈現象，搞得家中大亂，讓阿姨和姨丈也相當鬱悶吧。

如果是現在的我，可以發散一點開朗的氣息，阿姨他們的對應或許也會不同……他們以做善事的心情收養我們，希望我們招贅報答，他們是眞心這樣想，我們不但粉碎他們的夢，還像仇人似的離開那個家，不顧親戚的情面，他們一定相當難過吧。眞是抱歉。

我們只是價值觀剛好不同而已，這世上一定有很高興去相親、樂意接受那種人生的姊妹。如果我們不是橡子姊妹，而是喜歡金錢和娛樂的姊妹就好了。

至少，可以做出他們想起我們時感到愉快的穩當離別方式。

可是，每次這樣想時，總是爲時已晚。

我的魯鈍人生地圖、晚點的鐘，總是那樣。

「橡子姊妹，

我先生意外過世，已經一年了。

我們十八歲時相遇，真的是一見鍾情，毫無阻礙，立刻開始交往，一起度過漫長的溫馨時間。我們沒有小孩。所以現在每天不知道要做甚麼才好。

無論看到甚麼，無論去到哪裡，回憶總是滿滿一片，只是淒然掉淚。

我沒有可以輕鬆談心的朋友。大家都帶著同情的眼光看我。我想，情況也確實如此吧。

期待你們的回信。

安美」

「安美小姐，

我們也因車禍而失去父母。

那份哀痛絕對無法痊癒。

雖然帶著這無法痊癒的心傷生活，但只要認為這麼做是為了不忘記父母、要一直擁抱他們一起活下去，會輕鬆一些吧。

這樣，每天之中感到的幸福，會一點一點增加。

隨時可來信告訴我們，你過了怎樣的一天？

橡子姊妹」

大概是看了姊姊寫的回信，我又做夢了。

突然發現，我獨自站在好像是麥君老家的公寓裡。不知怎麼進去的？

不理解為甚麼是他老家？但夢中的我是這麼認定。

他的家族……，究竟是怎樣的結構？我絲毫不知，但又莫名知道他們都在醫院。麥君好像在今天早上死了。為甚麼我的身體會有那種睡眠不足的腫脹感，以及腳掌鬆弛的感覺？房間裡瀰漫悲痛的氣氛。

那個房間是在五樓或六樓，從窗外可以俯瞰各式各樣的建築。麥君家的窗戶可以看見遠處的海。海在建築物與山巒的縫隙間閃閃發光。啊，果然靠近海。平凡的建築和住宅對面，波光粼粼。

我在的那個和室，裡面有個佛龕。

房間有榻榻米的味道，和午後陽光帶來的濃郁空氣。

我點燃線香，合掌膜拜。

旁邊的衣櫃上有很多照片，主要是麥君兒時的家族照片。他是獨生子，備受呵護。也有他和父母、爺爺奶奶在海邊遊玩的黑白照片。年紀比我認識的他還要小，但面容依稀有他的影子。笑著露出有點縫隙的門牙。兩眼距離稍寬的優閒表情。

沒有中小學和高中時期的照片，但有一張麥君婚禮時照的全家福。麥君和可愛的太太站在一起，表情有點緊張，但很成熟。兩家親戚齊聚，在海邊飯店的庭園裡。真好，我的心沒有痛。

我有點感慨，不知道麥君變成甚麼樣的青年。

我找了一下，沒看到小孩子的照片，他沒有孩子吧。

再次確認我們的時間就停在那一天，感到些許落寞。如果是在現實中，或許有需要思索的事，但因爲是夢，我只能在無法與現實契合的搖晃感情中漂浮。

突然聽到厚重鐵門的鎖被打開的聲音，麥君的母親獨自歸來。太陽曬得乾燥的頭髮，緊實的肩膀。她一定也常去海邊。

她穿著喪服，我茫然想著，麥君果然死了。雖然是今天早上才死，不可能馬上穿喪服，但因爲是夢中，莫名地可以接受。

榻榻米的邊緣發光，有寂寞的感覺。我沉默不語。不知道自己爲甚麼在這裡。他母親也不驚訝我在這裡。

「妳要一些小麥的紀念品嗎？」

她說。

她戴著眼鏡，是個聰明、腰身纖細的漂亮女人。

「請給我一件麥君的舊衣服，我保證不會拚命聞個不停。如果可以，也給我一張他小時候的照片。我這一生都不會忘記麥君，我喜歡他。」

我說。我不知道自己爲甚麼說那些話，但我就是迫切想要那些東西。連我自己都訝異這個慾望之強。我流淚懇求。

「好的，妳等一下。」

麥君母親的訝異眼神中沒有微笑，慢慢轉過身去，打開舊衣櫃的抽屜。有舊衣服的味道。

即使拿到那些東西，也不可能見到麥君，但奇怪的是，我此刻只想要那東西。

於是醒來。

又哭了，自己都訝異。

這下不妙了，麥君可能眞的死了？我終於上網搜尋，找到幾則簡單的記事。他父親頻繁往來夏威夷和日本，爲小孩開的海邊教室經營順利等等，沒有部落格，也沒看到麥君的名字和現況，我不想用「死」這個字再查，我不想以這種方式知道。

好像一談到那種事，就會做夢。那種氣息包圍著我。是因爲姊姊正陷入熱戀，牽引了那個夢的開端。還有，安美的來信，好像更用力向我訴說甚麼。爲甚麼在這麼多的來信中，獨獨對這封信有奇異的感覺呢？是裡面果然蘊涵著甚麼嗎？

我寫信給唯一還有聯絡的中學好友。

她是認眞親切而單純的女孩，多次陪我去醫院。我打點滴時，她就坐在旁邊等候。我睡著時，她也和我一起睡，我忘不了她可愛的睡相。

我直接問她：「夢到同班的松平麥君，感覺不太對勁，我很介意，你有他的消息嗎？」

幾天後，安美再度來信。內容奇妙地與我心契合。

「橡子姊妹，

我又寫信來了。

留在和他共同生活過的公寓，悲傷難受，而我爸媽還健在，所以現在回娘家住。

那棟公寓前的馬路直直往前走，就是他最喜歡的海。只要在那公寓附近走動，一起逛過的商店、流產時兩人相擁哭泣回家走過的巷道，那一切一切，全都化做影像襲來，我受不了，所以暫時離開。

有時候，我仍會哭著回到我們的家，在空無一人的房間裡盡情哭過，感覺稍微舒服後，才能走下去。

爸媽說我可以一直住在家裡。

我現在還沒有整理那間公寓的心情，甚麼都還沒決定。

剛才看見爸爸在院子裡練習高爾夫球，突然覺得好幸福。因為想到你們和其他很多失去父母的人。本來自以為在不幸底層的我，內心有個東西在閃閃發光。不是『比起不幸的人，我算好的了』的那種光，而是爸爸在揮動球桿，和我讀中學時一樣，在這小院子的草坪上。在媽媽栽種的花叢中，爸爸活著，就在這裡，想到這個，突然覺得自己很丟臉。

我天真的以為爸媽健在是理所當然，還向上帝抱怨，還我老公來！

這世上一定有最愛之人死後而無依無靠的人，也有即使備受呵護、心情比我更糟而且沒有朋友的人，這些都很平常。這也不該是人比人這種意義的話題。

上帝啊，對不起，我還在傷心欲絕的不幸心情中，但是我的爸爸媽媽都在這裡。今晚也會和我一起吃飯。我跟媽媽說要幫忙做爸爸喜歡吃的羅宋湯後，天空一片湛藍，彷彿要把我吸進去。

謝謝。

安美」

我想她可能暫時不會再來信了，順手把資料輸入名單。

爲什麼安美的印象會強烈覆蓋在麥君太太的身上？她們不是同一個人，只是感覺相同的印象圍繞著我。好巧，不對，是當然，那位同學也在同一時間回信。讀信的時候，我甚至有已讀過好幾遍的感覺。

「Guri，

好久不見，謝謝妳來信。

松平麥君半年前因摩托車車禍喪生。他父親在湘南海邊做生意，他們家搬過去，高中以後住在湘南。

他結婚後和太太住在逗子港，好像是在住家附近出的車禍。沒有小孩。真是遺憾。

抱歉沒有通知妳，我也是最近才聽說，也不知為甚麼忘了告訴妳。因為你們交情不錯，我以為不通知妳比較好。抱歉。

過去幾年我都想辦同學會，今年要是能辦成就好了。到時再追悼他吧。我擔任幹事，再聯絡。

美雪」

果然如此。

流不出淚。

只覺得我是他初戀情人的身分以再也無處可去的形式被封印了，彷彿自己的某一部分也一同死去。

即使我不知道，但因爲空間相連，各種暗示隨之而來，終究讓我知道了。可是，這份感覺即使告訴美雪，也沒有用。於是我正常回信：

「眞令人傷心，但是能夠知道，還是很好，謝謝妳，期待同學會。」

和網路上一樣充滿暗示的這個世界，指示答案的箭頭，仍然只有一個。這半年間，我無意識地在答案周圍打轉，悄悄穿起喪服，然後被姊姊的戀愛喚醒，格外注意安美的來信，最後夢到麥君。

在這世界的混沌中，死去的麥君在我捕捉到的時機透過夢境而來，安美帶來麥君太太的印象，都不是偶然。或許這些事情，在眾人同游的無意識大海的匿名世界中都沒有個性，只有意義相似的資訊浮上來，也知道該捕捉哪裡。

就像某個人的死亡波紋擴及身邊的人那樣。

每個人都確實存在於人心形成的大海某個角落，深度也一定相同。

即使如此，我們依然記得人們帶有各自色彩的傷悲。

閉上眼睛，窗外照進來的光在眼皮下是橙色，光是活著，是如此美好。

麥君已經不在這世上了。麥君的肉體已經不存。只有這點是確實的。

如果來生我們還都轉世爲人，再一起去海邊就好。

專心衝浪，一起曬太陽。

生在靠海的城鎭，傻瓜似的曬得黝黑，頂著燦爛陽光歡笑生活。

光是想到有那種可能性時，心緒一陣激動。那些當時想都不敢想的事。當時的我只是我自己，太自我限定了。正因爲我是那樣，才覺得和他在一起是不可思議。

即使排除一切的可能性，也要在一起，把自己融入其中。沒有界線，也沒有要守護的東西，只是在那裡。

我知道自己變得有點消沉而內省，最深層的理由是麥君從這世上消失了，悲傷之後，釐清頭緒的我，開始進行復健。

我無法甚麼都不做。

心想，送姊姊出國時，順便到國內線航站買些點心、吃咖哩飯。於是一起去羽田機場。

第一次見到姊姊的現任男友。

方形臉，連說話方式也是專注認眞，滴溜溜的眼睛像狗，不太說話，是個老實人。穿著休閒品牌的登山外套，扛著背包，好像正要去爬山。

他開車來接我們，經過彩虹大橋，一段短程的兜風。

他絕非不善交際，該說話時也會出聲，談吐有趣，對姊姊的態度也自然，他們之間沒有異樣的緊張，而是普通的輕鬆。他對我也是一般的照顧，笑著度過和諧的時間。

進入國際線航站後，地方窄小，也無事可做，於是先停好車，改搭巴士到國內線航站的星巴克喝咖啡。姊姊去洗手間時，他淡淡地說：

「以後請多關照。」

「彼此彼此。」

我說。

旅客喧鬧嘈雜的機場，充斥各式各樣的聲音和味道。

我捧著香甜的熱飲，茫然看著人來人往。

「我是眞心喜歡Donko，一天比一天喜歡。」

他說。

「眞幸運，那個行事暴衝的姊姊。」

我說。

「總覺得她會隨時離我而去。」

他說。

「啊，我了解，我也一直這麼覺得。」

我笑了，我第一次發現。

是嗎？我也有這個想法。

自從那天以來，我一直這樣覺得。我的一部分還在那個雪中的陽台望著姊姊的背影，心在哭泣。從沒間斷。

記憶甦醒如生，甚至聞到雪的味道。

「能跟妳說我是認真的，我就放心了。」

他這麼說，對我一笑。有微風拂過的感覺。男人愛戀女人時的獨特空氣翕動，在他內心捲起漩渦。我想，姊姊是吃下這份能量而活。

身邊有這份熱情存在，確實很舒服。

我了解，我自己也是一輩子單戀姊姊啊。我這麼嘀咕後，他輕輕點頭。

目送他們搭巴士前往國際線航站後，我買了點心，吃了咖哩飯。心想就直接坐上飛機去某個地方吧。沖繩、高知、熊本……，茫然想了幾個地方後，我突然想到。

對啦，去逗子悼祭麥君吧。去買一束鮮花。雖然只有逗子港這個資訊，但已足夠。

我和麥君雖然彼此喜歡，卻沒有牽過手，也沒一起去海邊，但不知為甚麼，卻吻過一次。

那是作夢嗎？雖然直到現在還在懷疑，但確實是現實。

快要畢業典禮時，我們在路上不期而遇，聊了一下，然後吻別。

好大膽！是在車站月台。他要去找朋友，一起去鎌倉的衝浪器材店。我則是去隔壁鎮的站前大書店，然後回家。

也不是以爲再也不會見面了，但他仍不由自主地親我一下。電車來了，他揮手說再見，心中納悶「剛才做了甚麼事」的我，滿臉通紅上車。站在月台上的麥君，以絕美的姿勢和看待最憐愛事物的眼神看著我。

雖然只是那樣，我爲甚麼這麼痛苦呢？麥君一定也很痛苦吧。那純粹是年齡的問題吧。在生理上還是幼稚年齡的我們，全心尋求對方而不得，慾望和清淨的心情因奇妙的溫暖而混合，融入所見的景色。

在逗子站下車，陽光猶如盛夏，瞬間忘記寒冷。

麥君在他一生中，究竟在這車站下過幾次車？應該多到數不清。

總是在車站前等父母開車來接吧。

他長大以後，換成他來接父母和妻子吧。

在這個車站前。

光是想到這個，我就流淚了。感覺整個鎮就像麥君。

沒錯，不只在網路上，一切都融合在一起。尋求諮詢的安美和麥君太太的印象混合，麥君的影像融入這個鎮中。掌握這個影像纏繩的好像是我，又不是我。一定是更深處的某種絕對力量。

想著這些，我像依偎著花束似的走向海邊。

我沒有穿喪服，心情卻像穿著。

這個鎮在河口，河流景致比海景醒目。

其實，我常來逗子。常和照顧叔公時認識的男友開車過來，也曾和姊姊搭電車到站前的名店買沙丁魚片和生魚片，到海邊辦個小小的野餐。一邊看海，一邊吃生魚片，喝日本酒，我和姊姊都醉了，用本來打算煮咖啡的小瓦斯爐烤沙丁魚片，引來一些想搭訕的人。

雖然沒有聯絡，但我每次來逗子時，總是稍稍想起麥君。

當時，我和麥君耗費無盡生命力所發出的龐大思念訊息，都到哪裡去了？海裡、山中、空氣中……，會一切都連接在一起而再度循環嗎？

海邊很冷，只有遛狗散步的人。在光之中，人和狗都像處在另一個世界般神祕。

我站在岸邊，向大海合掌，望著海上。安靜、冷冽的光，征服了山。沙子輕軟冰冷，感覺到等待夏天的地球的呼吸。

彷彿手上沒有花就無所適從，不覺像拿枴杖似地拿著花束，雖然要獻花，卻不能丟到海裡。

我完全不知麥君發生車禍的地點，於是直接坐計程車到逗子港。

車子左彎右拐，瞬間抵達港口，感覺還有點茫然，踽踽走在脫離現實般的椰林道下，來到網球場附近。球拍擊到球的清脆聲，響徹空蕩蕩的逗子港。形形色色建築夾道而立。很多別墅型的房子，特別安靜。

懷裡的花香太契合天空異樣的藍，頭有點昏。我心中的悼祭已經結束。忘了放下花束，漫無目標閒逛。眞的很想走上國道、通過隧道、經過海邊，直到那天麥君去的鎌倉，但忽然起意，轉身往回走。想去小坪港買魚，看小船。

任何城鎮只要附近有港口，風景看起來都亂糟糟的。但我特別想看。

迎面走來一個女人。是去停車場吧。這個除了逗子港的職員、幾乎無人走動的午後時間，冷風咻咻吹過馬路。

我確實見過那個即將邁入老年的中年婦女。但是有點不一樣，我最近確實看過她稍微年輕一點的模樣，是名人嗎？我拚命思索。

當我想起來時，悚然一驚。

她是我在夢中見到、實際上並未見過的麥君母親。沒錯。

我不知道自己哪來的勇氣。冒昧對她說：

「您好，是麥君的母親嗎？」

我結結巴巴，臉頰發紅，聲音激動，一點也不瀟灑。

她盯著我。悲傷地，也有點高興。

那是想盡量忘記不久前兒子猝逝、不願再提起、但是又以有兒子爲傲的心情。

那種心情從眼鏡深處的視線中完全顯現。我肯定的瞬間，強風中，她茫然點頭。

「是的，妳是？」

這裡不是夢中，也不是網路上，是在強風吹襲的椰林道上，可是我卻感覺在夢中。

「我姓吉崎，是麥君的同學，他曾經幫了我很多很多……最近才知道他過世了……」

我遞出花束。幸好沒有放在海邊，不對，就是爲了此刻，所以沒有放在那裡。

「這個能獻給麥君嗎？我不知道該拿到哪裡，只好帶著趴趴走。」

她沒有笑，

「謝謝，我收下了，一會兒供到佛龕上。」

她接過我帶來的花束。

「眞的很想請妳到家裡坐坐，可是我心情還沒整理好，家裡亂糟糟的，不方便招待。謝謝妳。」

她露出一點笑容說。

我猜，那座高地上的一棟公寓和室裡，一定有個佛龕。

「不客氣，光是能在這裡把花交給您，就是奇蹟，眞是太好了。」

在夢中，我大膽跑進他家，哭著要他的舊衣服和照片，但現實中的我，像小孩一樣慌張，鞠躬，不只是和麥君，也和他母親永遠告別。

回頭再望，麥君母親像挨著花束似的走著。

眞的嗎？剛才的事情是眞的嗎？

我在港口的魚攤買章魚腳和榮螺時，還呆呆在想。剛才的事情都是眞的嗎？不是刺眼光線中做的夢？我是忘記把花束放在甚麼地方了吧。

不過，我知道，這樣就好。我也知道，所做的一切都契合在一起。我沒有漏失暗示狀況的線索。

麥君心愛的小鎭港口，停泊許多小船。魚攤老闆冷淡地推銷魚鮮，一整天都懶洋洋的。反正全部都在這裡，不必多說。

「橡子姊妹的妹妹，

Guri，我在韓國，知道嗎？

這次的他，是在一起很久也不會膩的不可思議之人。

我們還是分開睡，到現在也只一次睡前吻別而已。

他是同性戀嗎？我認真想過，但白天在一起時他若無其事卻確實偷瞄我大腿和胸部的視線，讓我知道他不是gay。

他昨晚雖然熬夜沒睡，但因為我是初到韓國，一到機場就對我說，要帶我去吃醬油生醃螃蟹，辦好入住手續後，立刻帶我去『Pro醬蟹』。在那裡，我們吃了一大堆醬油生醃螃蟹。雖然是像法會道場般樸素、毫不富麗堂皇的餐廳，螃蟹卻是鮮美絕倫。我還猛吃泡菜，自己都訝異那麼能吃。餐館端出一桌小菜，每樣都很好吃，而且多到光吃小菜就已撐了。

第一次和他同遊，不知會有甚麼樣的發展？結果，好像家人般親切。眼前總是有張笑瞇瞇的方形臉，我完全被打敗。我禁不起方形臉的魅力，這是戀父情結嗎？爸爸就是方形臉。

這種人總是認真考慮婚姻吧。

可是，我不能結婚，因為橡子姊妹是我現在的使命。

連我都佩服自己的瀟脱。

將來有一天，他會和想法比我更可愛的人結婚吧，我會傷心，但也無奈。

那麼，就盡量拉長交往的時間吧，即使拉長一分一秒，也想和他在一起。

我雖然不是美女，但男友不斷，他們肯定是因為知道我的戀愛有時間限制。因為這麼認為，我的一舉一動就變得可愛，充滿怪異的活力，由內散發出詭異的性感。通常，女人都希望將來有結果而交往，這反而讓男人燃燒不起激情。

這是大白菜、這是泡菜汁可以喝的水泡菜、這是芝麻小松菜，那是涼拌鮮魷魚……，看著他比手畫腳告訴我各種菜的做法，心想，日本太少這樣的男人了，終於明白韓劇流行的原因。

他是我的勇樣（裴勇俊），我的元斌。

我就是崔智友吧，從外表來說（哈哈）。

手牽手甜蜜走在冬天的夜路上。

韓國的夜路，讓人感覺夜就是夜。黑暗，冷空氣中含有許多冰粒。人們吐著白色氣體，高興的時候表情樂呵呵，不爽的時候繃著臉。好人表情和善，壞人表情奸詐，清楚顯現。

有股大家都活著的朝氣，彷彿看見生命能量噴出。雖然雜沓，但是熱鬧，不像日本那樣拖拖拉拉。旅行果然很好，可以喚醒內在的甚麼。好想帶妳一起來。

真不敢相信，現在我們已經可以自由自在出門旅行了……。

我終於明白，你說身體某個部分還認為我們不能一起出遊而蜷縮的感覺。

還有好多好多話要說，下回再寫。

這家飯店的網路設備完善，放心不少。

現在就遵照妳的建議，開始橡子姊妹的工作。麻煩核對一下。

Donko」

「Don，妳的字數早就超過規定了。

橡子姊妹的妹妹」

「橡子姊妹的妹妹，

不要那麼嚴格啦！

因為我不屬於橡子姊妹管轄。

因為書寫就是我的療癒。

我的戀愛次數雖然不多，但是一直在戀愛。還有，在去叔公家以前，只有一次和男人睡覺有拿錢。

不是給我錢才陪他睡，而是我喝得爛醉，糊裡糊塗和一個年紀很大的人上床，對方事後給我錢。

那一瞬間，我還當真以為，好像賺到了，但是感覺很糟，覺得太不適當，於是當場扔掉那個人的名片。

但也因為有了那次經驗，我才敢毅然決然到叔公家直接談判。

我現在才知道，叔公是為了躲避閒人，刻意裝出很難相處的樣子，但當時我真的認為，不可能真心和那樣古怪的人住在一起。

叔公死的時候我才知道，他在和我們同住以前，已經寫好遺囑，要把那棟房子留給我們。害我感動得熱淚盈眶。

我說，想寄正宗的蔘雞湯照片給妹妹，下次再帶她來吃。他今天中午就帶我去吃高麗蔘雞湯。照片附上。我以為這種街頭小館，五百圓就可以打發了，沒想到相當貴，但是坐滿上班族和ＯＬ。

真的很好吃。雞湯很清，高麗蔘多到不敢相信。

韓國人中午就大口吃飯、大嚼泡菜，不可能沒精神上班。他也說：『住在日本，最難過的是很少吃到泡菜，沒有泡菜配飯，無法想像。』

順便一提，他家裡隨時有他母親做的韓國泡菜。

在韓國時，感覺生命很接近自己。在日本的時候，感覺生命像放在玻璃盒中帶著走。在韓國，眼前就有生命，自己也活著，感到生命在我體內熊熊燃燒。或許我們小時候的日本曾是那種感覺。

今天走了很多很多路。手牽著手，輕鬆走在柏油路上。百貨公司、名牌店，完全沒有入眼，只是專心走著。累了，就走進很像星巴克的咖啡店，買杯咖啡，雙手包住咖啡杯，溫熱冰冷的手掌。

毫無疑問地好喝，因為太專心於自己的感受，那究竟是不是星巴克，已經無所謂了。很不可思議。要是在日本，我會有點介意。

最後，我們走到德壽宮，買了門票，和警衛合照後，慢慢逛著被各種歷史翻弄的廣大建築。

裡面有一間大現代美術館，正舉辦現代攝影展。那些照片不是很精采，但品質也不差，是最適合約會時參觀的攝影展。剛才還身在王宮世界的我們，變成去美術館約會的現代情侶，看著照片，說出彼此的天真感想，走到館外，又回復原來的風景。

該怎麼形容呢？風吹過遠處，明明對街就是高樓林立，這邊卻靜靜佇立著古代的世界，有一種在京都和奈良時偶爾也萌生的穿越時空的獨特心情。

『這裡的範圍本來更寬廣的。』

他翻著旅遊指南說。

『我很意外有西洋式的建築。就這樣隨便蓋好，讓皇上居住嗎？』

我說。

我在想，如果我們是生在這個國家的學生，會是甚麼樣的心情？

我沒經歷過那樣奇怪的人生，但為甚麼會這樣想？我感到些許悲傷，但那悲傷感覺是甜的。

此刻，在這世上，我最迷戀的感覺，是爸媽健在時的感覺。

期盼能夠永遠持續下去，但已是消失的夢。

今天晚上，他終於帶我去著名的『炭火骨』餐廳，甚麼都好吃，他也很享受，還邀請了他祖母。要見他祖母，我有點緊張，但因為不打算和他結婚，還是輕鬆以對。用剪刀剪開烤得吱吱作響的帶骨肋排，很好玩。

Donko」

是平常工作壓抑太多嗎？一下筆就洋洋灑灑超出字數限制，但我還是有和姊姊一起漫步德壽宮的感覺。不對，是化作幽魂，從空中俯瞰姊姊和男友漫步的感覺。

風吹過首爾的天空，殘留皇宮遺址的空間上，歷史重疊。

皇宮遺址寧靜，高樓大街也寧靜，彷彿一起沉入歷史之海。時代的亡魂總在新的都市徘徊，偶爾像全息圖似的浮現又消失，隨風飄移。

男人要開始新生活的時候，是如何轉換心情的？也是買衣服、做激烈運動？或和男性朋友去喝兩杯？

我考慮許久，決定去剪頭髮。

附近的美容院都很不錯，但我覺得現在應該特別展現幹勁，雖然麻煩，還是預約了姊姊寫作時認識的美髮師，他在自家開設髮型沙龍。

「請幫我剪個大方、俐落、不趕流行、自己容易整理的髮型。」

瀟灑的男美髮師無奈一笑，把我蓬亂乾燥的頭髮剪得清爽俐落，染成栗子色。

剪髮的時候，我拚命看雜誌，掌握現在的服飾和化妝趨勢。許久沒有剪髮，沒有直接和外人接觸，因而太過緊張，身心疲累地走出他的公寓，再到新宿的伊勢丹百貨。復健的過程相當順利。悶居調整心情後，再出門時備感輕鬆。這是我生命的第二次深度內省時期，我似乎掌握到某個訣竅。

買了幾件衣服，是拍賣的冬裝和幾套春裝，還有鞋子和涼鞋。

然後，到一、二樓買了幾樣新化妝品。人家送給姊姊的化妝品樣品雖已夠用，但這是重視自己喜好的心情問題。

對了，韓國有很多可愛的化妝品，就寫信給姊，買些人蔘面膜回來吧。在地下樓買了餃子，提滿一手的紙袋，頂著簇新髮型上電車，神經耗弱的疲倦中有著充實感和成就感。這個成就感非常重要。

很好，從今以後，任何地方都可以去了。我想再去看海。

那天逗子港的藍天在眼中甦醒。

天空是那樣藍，藍得叫人心慌。

那封寄給橡子姊妹的信是個契機，把飄浮在我周圍的霧靄般眞實叫到現實中來。觸動我的內心，直到我完成悼祭以前，不會停止，相連的資訊也隨時可以提取。

因此，橡子姊妹的活動有其意義。

我逕自點頭稱是。

我那頂著化妝品櫃姐化的濃妝和新髮型的陌生臉孔映在電車窗上，不住點頭。

兩天後，身上帶著蒜味、皮膚光滑的姊姊回來了。

「啊，累死了。也沒做愛，怎麼這麼累？太喜歡了。」

姊姊說著，把裝滿韓國海苔、各種面膜和BB霜的大皮箱放在玄關，踉蹌進屋。大聲漱口，清洗手腳，換上睡衣，咕嘟咕嘟猛灌啤酒。

啊，家裡的空氣開始動了。

「眞的？」

我問，

「眞的一次也沒？」

「嗯，只有接吻，一趟柏拉圖式的旅行。他總是說：你要工作，所以各自睡一間吧。當然，要做，只是遲早的問題。可是，那樣我會傷心。因爲，做了就是分手的開始，我不想現在就停止。」姊姊說。

我絲毫不懂那種奇怪的想法。

「為甚麼那樣想？即使做了，慢慢加深彼此的交流和信賴後再結婚，不是很好嗎？只要姊姊幸福，我完全不會寂寞，我沒事的。」

「我不知道，戀愛超過一個程度我就會膩，我想永遠都不膩。」

我本來想說「可能是你把性愛看得太重要了」，但知道說也沒用。

「我不想感到膩。」

姊姊哭了。

我知道自己成長過程受到的傷害，但是對姊姊的心傷一無所知。她怎會偏頗到那個方向的？看來，每個人各有癖性，只能走到底，靠自己察覺。

「我喜歡戀愛，喜歡從外表想像一切，喜歡在他和我面前的飽滿膨脹空間。可是，那不是現實。喜歡戀愛的人都是這樣，沒有把對方看作是人，思考自己和這種人在一起會變成怎樣？只是想沉浸在那個人喚起的印象洪水中。」

姊姊說。

「剛開始時，多多少少都是這樣。」

我說。

「對，我喜歡開始。」

姊姊說：

「好想睡覺，可是眼淚流個不停，讀點東西給我聽吧？」

「怎麼了，不是都沒問題嗎？不是都很順利嗎？」

我說。

那個口氣連我自己都驚訝，太像死去的媽媽。

像要撐住正在崩塌的城堡。

「就是順利才可怕啊。」

姊姊的表情像小孩子。小時候常常看到她這個表情，望著遠方的茫然表情。我一直以爲那就是長女的表情。我只要仰望著姊姊就好，但是姊姊卻有很多時候連仰望爸媽也得不到答案。因爲他們不是小孩，不能互通理解。

是那種「只能自己思索、但此刻無法思考」的表情。

我從書架抽出姊姊喜歡的繪本，開始朗讀。

「小熊學校裡，一、二、三、四……總共有十二隻熊寶寶。今天也快樂地在一起玩。

年紀最小、也是唯一的小熊妹妹，叫做賈姬。

賈姬夢到和大衛一起在北極溜冰。

心想，這如果是真的，不知有多好啊！

可是，賈姬夢醒時，大衛正準備獨自回北極。

賈姬向大衛說再見。

大衛離開後，賈姬變得很傷心。

其他的小熊哥哥拚命安慰賈姬，賈姬還是打不起精神來。麻煩

啊！麻煩！

就在那時，大海那邊變得好亮好亮。

究竟怎麼回事？

大家跑到外面一看，天空鮮紅一片。」

姊姊閉著眼睛，呼呼入睡。

我鬆一口氣，繼續默默朗誦繪本。

大人是因為想生活在這樣的世界，才不斷畫出繪本吧。我們姊妹倆

離浮世度日的情況沒變，但是我們有和熊寶寶不同的鮮明現實。

將來有一天，這些熊寶寶會各自長大成人、結婚獨立吧。我們太欠缺童年。沒能好好享受童年，就不會有長大成人的喜悅，我們肯定是到處拚命找回童年。失去帶給我們安定生活的叔公，我們無法坦然迎接終於成爲大人的時期。

就像麥君之死，以各種暗示來找我、觸動我一樣，安美的信帶給我些許安慰，或許在遠方某處的麥君太太也些許得救了。

雖然看不見，但感覺有這股細膩確實的流動。

說不定現在正流向姊姊，讓姊姊不再對性愛有偏見，踏出能在兩性關係中看到普通的愛與關懷的第一步。

這樣就好。

我感到一陣釋懷，流下眼淚。

我能一直和姊姊在一起嗎？我們能永遠扮演橡子姊妹嗎？

懷念莫名其妙潛伏在黑暗洞穴裡的自己。那裡黑暗而溫暖柔和，但是充滿想像中的所有不安與恐怖。夢中有夢，一個夢醒了，新的慵懶的夢隨即開始。

那是從爸媽死後開始的現象？還是伯父死後開始的？或者是叔公？麥君？是在哪個時點？我不知道。印象中，一切都像層層套住的俄羅斯娃娃，混合在一起，或許此刻還在那個漩渦中。好幾次以爲爬出來了，其實還在裡面。

一直有突然發覺已經出來、回頭張望、門已經關閉的感覺，因此，心的一部分還留在裡面。也不奇怪。

「我想……」

姊姊臉頰上還殘留著淚痕，睜開眼睛。

「嚇我一跳，以爲你睡著了。」

我說。

「我沒睡，」

姊姊說：

「我有在聽，心情和賈姬一樣，看著鮮紅的夕陽。」

「睡吧，旅行累了。」

我說：

「我也想去旅行，看了姊姊的信後，想看遼闊的天空。」

「……陶器市集。」

姊姊突然說。

她凝視天花板。

「你說甚麼？」

「下個禮拜去陶器市集，沖繩。」

姊姊說。

「啊，這麼急，不是才剛旅行回來？」

我說。

「我想去嘛。飛機上的雜誌報導，在Yachimun之里（譯注：陶器之鄉）那裡，大嶺實清和山田眞萬的作品都有很大的折扣！去吧，也能拿來供奉叔公。」

叔公那種性格，當然最討厭旅行，但是喜歡沖繩的陶器，收集不少。這棟房子玄關兩側沉甸甸擺著大嶺實清燒製的一對陶獅子。是不知甚麼機緣認識的大嶺先生送給叔公的禮物。感覺若是動了它們會不吉利，所以原封不動擺在那裡，小心照顧。

叔公還留下許多沒那麼貴重、但生前常用的沖繩陶器，我們也繼續使用。

「我們能那樣揮霍嗎？」

「花那點錢還行，我有存款，這次幾乎都是他請客，省下不少錢，就用這些去吧。」

姊姊說。

她已經笑逐顏開，看著天花板，開始做沖繩的夢。

「有精神啦。好吧，我也去。」

我說。

「就是嘛，難得剪了頭髮，不出去秀一下不行。」

姊姊說：

「我在韓國的時候，總是想著也讓你看到這樣的景色，好奇怪，叔公在的時候，我去旅行時不會這樣。」

「是輪流出去的緣故吧？而且，我也不是獨自在家。那時候眞拚命。」

我說。

「如果我們是假面騎士W，你就是菲利浦，網路搜尋迷。」

姊姊突然改變話題。

「我自認不是翔太郎，但……」

我說。

姊姊沉默半晌。

「抱歉，你早就想到要搜尋松平君的父親吧，之所以沒做，是因爲浪漫，我在旅遊時感受到這點。」

上網搜尋這個契機，讓她想起這個話題。

「……嗯，」

我說：

「沒事，也多虧了你，讓我發現許多事情。」

我還沒告訴姊姊麥君已死。

那是我的浪漫。過一陣子再說吧。那個知道麥君之死的小小戲劇化過程。

眞的見到麥君的母親，又模糊地和夢境混淆。

那個藍天、悲傷婦人的空虛表情，還有非洲菊的紅。好像那天的那個地方超脫次元，突然從夢中來到現實。

那個花束還開在這個現實世界的麥君牌位前吧。

「我們是兩人合而爲一。」

姊姊笑說：

「如果叶姊妹和大森兄弟來抗議，就改名爲假面橡子Double吧。」

「那下回就輪到石森製作公司來抗議了。」

守在姊姊床邊的樣子有點蠢，我闔上繪本，站起身來。

我們一步一步前進，看起來雖然像在同一個地方打轉，但四季循環，狀況改變，我們也漸漸變成大人。

內心最深處，依然珍藏著我們兒時像小熊學校裡的熊寶寶一樣、沉沉睡在小房間大床上的睡姿。

我們一直在那裡等著爸爸媽媽。一輩子在等待，等待將來有一天，我們也上天堂和爸爸媽媽相會。

姊姊先睡了，睡得好沉。我也被吸引得快快入睡，又夢見麥君。

爲甚麼那樣想？作夢的時候，知道「以後不會再在夢中見到眞正的麥君了」，因此，我在夢中一直凝視麥君。

再也見不到了嗎？不對，不是都沒見過嗎？

夢中的我不知爲何和麥君住在一起。在陌生的小房間，窗外依然看得見海。一個面臨砂石小路的二樓房間，窗外是一片海。我們住在這個裝潢普通的公寓裡。不是逗子港。那是我們在平行時空裡的愛的小窩嗎？夢實在太自由，時時讓人莫名其妙。

「我們還是不能在一起。」

麥君說。

「爲甚麼？不是明明在一起嗎？」

我說。

「我必須走了。」

麥君說。

這是夢中的婚禮照片之外，第一次看到變成大人的麥君。

比小的時候精瘦結實，但我比較喜歡以前他那有點贅肉的稚嫩純樸感覺。只有那時的麥君是「我的」麥君。夢中長大的麥君曬得黝黑，穿著短褲。

「不久之後，我就必須回到那裡。」

麥君說。

「你的聲音沒變。」

我緊緊抱住他。充滿絕望。雖然此刻確實在這裡，但沒有未來。

我彷彿有點理解姊姊的心情了。

是嗎？和不能長相廝守的人在一起，好像中毒的感覺。

在魔法還沒有消失時分手，應該是甜美的吧。不是不喜歡，而是，這才是能夠最喜歡的方法。

以前只是看、從沒撫摸過的他的胸膛，非常厚實，我要失去這個確實的東西了。

「謝謝妳費心安排這麼多。」

他說。

不知道是甚麼事。是夢中的設定呢？還是花束？

很久沒看到他天眞地笑說謝謝了，我看得出神。我喜歡看到這個表情。或許勝過以後和眞實男人的交往與性愛。

猛然發現，場景變了。那是一座陌生建築的中庭。沒有噴水池和銅像，只有一棵矮樹。麥君身邊是他以前的好朋友。黑皮膚、高個子、體格魁梧的男孩，名字忘了，但他們常常嬉笑打鬧，光是看著就讓人感到幸福的兩個人。

「眞的謝謝妳幫忙。」

不知爲甚麼，那個男孩擁抱我。

我也很高興，感覺加入了他們一夥。

「想不到妳變得這麼健康，以前病懨懨的。」

他頭上纏著繃帶，是去醫院了？

難道，我曾在這個世界幫他安排醫院？

那麼，他是在現實世界中哪一階段死的？

查一下就知道，可是我不想知道。

「畢竟都三十歲了。」

我說。

「是嗎？無論如何要謝謝妳。」

他表情溫柔。

然後大步走開，從牆上爬滿枯萎常春藤的中庭走進建築物中，留下

我和麥君。

麥君說：

「眞的謝謝妳幫了他。」

他從口袋掏出一顆紅茶糖，遞給我。

「這是甚麼？」

「妳喜歡紅茶吧。」

他說。

中學時，我喜歡喝紅茶，常常裝在熱水壺裡帶到學校，下課時喝。

是嗎？他和我夢中相見時，他心中的我，只有中學以前的資訊。說不定以爲我死了。腎臟不好，虛弱不堪。

可是，我健康活著，死的是你。怎麼回事？

「謝謝。」

我淚流不止，接過糖果。

來自天國的糖果。

放進口中，確認甜味。

確實很甜，此刻，確實很甜。我這麼想。

「也罷。」

我說。

這個心情來自何處呢？從我心深處湧現。不是體貼，不是天真，也不是安慰。我是認真的。心想只能這樣。我只能這樣說，夢中下定決心，脫口而出。

「沒有未來也罷，即使只有一分一秒，能在一起就在一起吧。確確實實地過，累積下來，也就能多一、兩天，那就夠了。」

絕望中的希望何其微小。

好。他點頭。要哭的表情，微微露出門牙。他是在笑。有點勉強笑出的表情，和他母親一模一樣。

我想，說出來眞好。因爲說出來，知道他死訊時籠罩在身上的小小魔法隨之化解。當時，我爲什麼逃避？我不是可以做到嗎？回想起來，感到微微的痛楚。那個一旦逃避就變成腐蝕自己人生的病毒的想法。能夠抹掉它，眞好。麥君的身影給了我強大力量，對他拯救那時的我的感謝，讓我堅強起來。

「謝謝妳。」

麥君說：

「以前我們家附近，有一間叫做58還是56的店，不知還在不在？」

「怎麼了？我已經不住在那一帶，不知道。」

我說。

模糊記得那裡有一家中學生放學後常去的熱狗店或是冰淇淋店。

「是嗎？我以爲妳還住在那裡。」

麥君說。

我收拾掉落在四周的閃亮碎片，聽著麥君的話。

「離開阿姨家以後，就沒再去那裡了。」

轉過頭，麥君已經不在。

一定是朝他好朋友的方向去了。

碎片繼續落在空蕩蕩的中庭。我茫然想著，一定是車禍時的碎片。光線照射下，那些金屬和塑膠都閃閃發光。一陣失落。啊，走了。我不想後悔，但還是感覺像做了無法彌補的事情。

之後，我甚麼也沒去查。

麥君的中學好友是否已經不在這個世上？是否住在有中庭的醫院？

我想即使擱著不管，也不會有改變。

我已經做得夠多了，感覺不再做也行。在那個中庭，我確實見到他，心意也傳達給他，已經夠了。夢中的我，行事沉穩，我也因此得救。現實的我，沒有錯失什麼，因此夢中的我，也能確實摸索得到。夢中不會說謊，所以心聲全都吐露出來。所以，該乖乖窩在家裡時就閉門不出，該出門走動時出去就好。

我和姊姊眞的來到沖繩。

姊姊急匆匆買好機票，十二月中旬，我們降落在那霸機場。冷眼看著形形色色的特產店和喧鬧的團體觀光客，走出機場，雖然不是盛夏時節，但熾烈的陽光和溫暖的空氣等著我們。

午後早早check in後，立刻租一輛汽車，姊姊駕駛，開往北方。

電視上得知的讀谷村Yachimun之里，是非常熱鬧的陶器市集。來自各地的觀光客專心選購各色陶器。都是一些能豐富室內裝潢的器具，每個人的臉都那麼祥和。站在路中，眞有不知今夕何夕之感。

像毛毛蟲蟠踞山丘的登窯，仍是昔時的模樣嗎？陶器之神眞的在守護這一帶嗎？那裡眞的只有以燒製陶器爲主、過著簡單生活的人嗎？有一種奇異的感覺，彷彿站在漂浮著從古到今重複同一件事的無奈之人生活氣息的遺跡中。

我彷彿了解叔公酷愛這裡陶器的心情。

我的心中永遠有個放著死去親人的房間，放著爸媽、伯父和叔公的房間，我總是帶著他們的形影一起行動。心裡想著，叔公，這是燒製您最喜歡的陶器的窯，是那些人燒製的呦，您是第一次看到這種地方吧。

「怎麼沒帶他來？」

我以爲姊姊會和男友恩愛同行，不解地問。

「他這幾天剛好出差。沒關係，我會買禮物回去，大嶺的茶壺，眞萬的酒壺，他一定很高興。」

姊姊臉頰微紅。

「我們家的碗盤也可換幾件新的。」

我說。兩人手上拿著裝滿盤子、飯碗和水壺的紙袋。

「晚上去哪裡吃？去『urizun』吃水煮魚？還是去『Karachibu』吃墨魚握壽司？還是兩邊接著吃？」

姊姊問。

「我想吃炒蝦子，用石垣島辣油炒的蝦子。」

我說。

「那就去Karachibu吧。明天當然要去『Kopenguin食堂』吃麵，補充我們家廚房的辣油後，再衝去機場。」

「對，一定要買點辣油，雖然只能買一罐，但如果買兩罐，可以幸福好一陣子。辣油也可以拿來拌飯。」

我說。

「今晚回飯店還要工作。」

「同時打包戰利品，一定很好玩。」

「那就不能喝太多。」

「出來旅行耶，不是說好可以多喝一點？」

感覺那些登窯都靜靜趴著聆聽我們對話。安靜的登窯是在等待生火呢？還是只是看著時間之流？

風聲、火聲、窯內人們的汗水、笑聲和呢喃，都被土壤吸收進去。

在這裡，也有龐大的累積能量包圍著我。

「啊～啊～，好想一輩子過這種生活。」

姊姊說：

「倒不如我是蕾絲邊，和妳一起睡，放浪形骸，沉溺酒精和藥物，活得匆促也罷……」

「那也不錯啊。」

我說。

「那樣雖然好，可是做不到，所以感覺有點不上不下，誰叫我們是幸福夫妻鍾愛的孩子呢。」

姊姊裹著Martin Margiela的毛絨絨長大衣，化著濃妝的白皙側臉顯得楚楚可憐，哼哼笑著。

對她的洋洋得意，我總是無奈以對，在沖繩清冷的風吹拂下，我還是這麼想。

那種清新和冷冽混合的感覺，就像冰淇淋融化時的感覺，夏天清風的味道和冬天刺骨的冷，任意撫摸我的臉頰。

「妳這樣說，是不是預感和現在的他會長久下去？」

我問。

「才不是，」

姊姊說：

「沒有男人了解我這種生活方式，不可能有。我已不再做那樣天真的夢。我不會放棄我的生活方式，所以不會和一個男人永遠在一起。不過，妳應該沒問題。妳可以坦率喜歡某個人，投入表裡如一的心情。所以，我希望妳結婚生小孩，只是，這樣的話，我會寂寞。一定要讓我抱抱娃娃哦！」

「甚麼話，妳想太多，現在是現在，就活在當下吧。」

我說。

我們走向車子。

「這麼多綠色又安靜的地方，總覺得一切都像夢。」

姊姊笑著說。

「甚麼一切？戀愛嗎？」

我問。

「不是，」

姊姊垂下眼睛，搖搖頭，

「是全部，戀愛、橡子姊妹、採茶、和叔公同住、那棟房子，還有這次旅行。」

「原來如此。」

我說。

姊姊抬起臉。看著天空，大口吸氣。

「那會怎樣？如果一切都是夢。我們和爸媽一起發生車禍都死了，只是夢見我們還活著。這個天空和今天買的陶器也都是夢。」

「好像我最近看的一本小說。」

我笑了。

「不過，那樣也好，因爲現在很快樂。」

我眞的這麼想。

我本來就不想因爲快樂而活。

只是身體本能地活著，所以專心活著。

即使如此，在這美麗黃昏優閒溫暖的空氣包圍中，依然感到舒暢。

快樂和不悅就像潮水般來來去去。在家裡待久了，必然想要出門。重複如同海浪，一直觀看或在其中游泳，都不會膩。那是活著的唯一喜悅。

「我也是，」

姊姊說：

「即使知道是夢，我今天也要喝杯燒酒，大啖美食。」

即使多個一分一秒也好，多個一年、兩年也好，總之，一步一步走下去。

把陶器放到車上，像安置睡著的嬰兒般小心擺好，四周墊上毯子和靠墊，姊姊笑著說：

「不知不覺來到了好地方，現在要再去一個好地方。」

是指抽象的地方？還是此刻所在？

我本來想問，但是作罷。

能做而不做的事情是浪漫，是存款，更是精華。那是我最珍貴的東西，我生命的養分。

姊姊發動引擎，我們瞬間離開Yachimun之里。山丘、古老的石牆、奇異色澤的登窯，漸漸遠去。再見，古代的世界。霎時回到現代的那霸。姊姊聽著iPod播出的七〇年代音樂，戴上瀟灑的太陽眼鏡，我們帶著純粹的心情，穿過一無所有、只有房舍和田地的寂靜鄉村小路。

現在眞的是在旅行，但就算不是旅行的時候，也過著像是旅行的生活。不知道何去何從？在這個夢與現實混雜、時而接觸、時而分離的遼闊大海中。

我在心中低語，橡子姊妹今天也會繼續工作。

藍小說824

橡子姊妹

作者—吉本芭娜娜
內頁照片攝影—鈴木親
譯者—陳寶蓮
主編—嘉世強
編輯—邱淑鈴
美術編輯—MICHEL DESIGN
執行企劃—黃婷儀
校對—陳錦生、邱淑鈴、陳寶蓮
董事長
發行人—孫思照
總經理—莫昭平
總編輯—林馨琴
出版者—時報文化出版企業股份有限公司
10803台北市和平西路三段二四〇號三樓
發行專線—（〇二）二三〇六—六八四二
讀者服務專線—〇八〇〇—二三一—七〇五
（〇二）二三〇四—七一〇三
讀者服務傳真—（〇二）二三〇四—六八五八
郵撥—一九三四四七二四時報文化出版公司
信箱—台北郵政七九～九九信箱
時報悅讀網—http://www.readingtimes.com.tw
電子郵件信箱—liter@readingtimes.com.tw
法律顧問—理律法律事務所 陳長文律師、李念祖律師
印刷—盈昌印刷有限公司
初版一刷—二〇一二年八月三日
定價—新台幣一八〇元
⊙行政院新聞局局版北市業字第八〇號

國家圖書館出版品預行編目（CIP）資料

橡子姊妹／吉本芭娜娜著；陳寶蓮譯. -- 初版. -- 臺北市：時報文化，
2012.08
面； 公分. --（藍小說；824）
ISBN 978-957-13-5626-6（平裝）

861.57 101014417

ISBN 978-957-13-5626-6
Printed in Taiwan